Schneckentänzer

Ein Westerwaldkrimi

Dies ist ein Roman. Sämtliche Handlungen und Personen sind frei erfunden. Die meisten im Buch erwähnten Orte, Plätze, Straßen oder Gebäude gibt es tatsächlich. Aber die „Morgensonne" wurde bereits vor Jahren abgerissen und die direkte Verbindungsstraße zwischen Nister und Atzelgift geschlossen. Die Naubergstraße in Nister und die Elsterstraße in Atzelgift sind real. Nicht real sind die Wohnhäuser der Ehepaare Gürtler und Bertram.

Der Autor

Manfred Röder, Jahrgang 1951, sieht sich als Geschichtenerzähler. Das gilt für seine Liedtexte auf Wäller Platt und seine Kriminalromane. Dies ist der dritte Fall für die Ermittler Ulla Stein und Christoph Leyendecker. Die beiden ersten Fälle „Abrechnung" und „Abgefischt" wurden in einem Buch zusammengefasst und erschienen 2011.

Manfred Röder lebt mit Frau und Kater, dem eigentlichen Hausherrn, in einer ruhigen Seitenstraße seines Geburtsortes Hachenburg im Westerwald.

Manfred Röder

Schneckentänzer

Bibliografische Information der Deutschen Nationalbibliothek: Die Deutsche Nationalbibliothek verzeichnet diese Publikation in der deutschen National-
bibliografie, detaillierte bibliografische Daten sind im
Internet über http://dnb.dnb.de abrufbar.

© 2015 Manfred Röder

Herstellung und Verlag:
BoD – Books on Demand, Norderstedt

ISBN: 978-3-7386-1211-0

Ich sein enn Spinner, enn Schlawiner,
sein enn Schwätzer, Schneckedänzer,
blosen nur Ferrern enn die Hieh.
(Unplugged off Platt)

Für Ingrid

Prolog

Der Sommer des Jahres 1991 ging langsam zu Ende. Aber hier in der Toscana waren die Temperaturen immer noch sehr angenehm, auch wenn es nachts doch schon recht frisch wurde. Die vergangenen Monate waren zweifellos die glücklichsten ihres Lebens. Franziska stammte aus einem kleinen Örtchen in der Nähe Magdeburgs. Gerade erst erwachsen geworden, hatte sie die Ereignisse der Wende hautnah miterlebt. Wie so viele hatte auch sie den Traum von Freiheit und Abenteuer geträumt. Aber anders als bei vielen anderen war es bei ihr nicht beim Träumen geblieben.

Mit ein paar Hundertern in der Tasche, gerade mal einem Rucksack mit Kleidung und einer Isomatte hatte sie ihrem Dorf den Rücken gekehrt. Europa wartete auf sie. Sie war jung und konnte anpacken. So fand sie immer wieder einen Platz, wo sie schlafen oder wo sie sich ein paar Mark, Franc, Peseten oder Lire verdienen konnte, um die nächsten Tage oder Wochen zu überbrücken. Ohne festes Ziel war sie durch halb Europa gezogen.

Auf Fuerteventura schloss sie sich dann einer Gruppe junger Leute an. Es war eine unbeschwerte Zeit. Sie schliefen am Strand oder in irgendwelchen Höhlen. Irgendwie war immer genug Geld für das nächste Essen oder die eine oder andere Flasche Wein da.

Hier lernte sie auch Dirk kennen. Seinen Nachnamen kannte sie bis heute nicht. Dirk verdiente seine Peseten, indem er sich mit seiner Gitarre in die Fußgängerzonen der Touristenorte setzte und melancholische Lieder spielte. Sie verliebten sich ineinander. Irgendwann fanden sie es an der Zeit, Fuerteventura zu verlassen und trennten sich von der Gruppe. Zu zweit zogen sie durch Spanien und Südfrankreich, bis sie schließlich hier in diesem schönen Teil Italiens landeten.

Die Nacht hatten sie im Schlafsack auf einer kleinen Anhöhe verbracht. Der Morgen war recht trübe, aber sie wussten, dass es, wenn die Sonne den Morgennebel erst einmal durchdrungen hatte, ein warmer und freundlicher Tag werden würde. Einige trockene Äste waren genug für ein kleines Feuer. Das Wasser für den Kaffee schöpften sie aus einem kleinen Rinnsal, das noch nicht ganz ausgetrocknet war. Es waren noch Brot, Tomaten und ein Stück Salami vom Vortag da. Das sollte für ein bescheidenes Frühstück ausreichen.

Am Fuß des kleinen Berges lag ein kleiner Bauernhof. Das Krähen eines Hahnes hatten sie bereits in der Dämmerung gehört. Ansonsten schien dort unten alles noch friedlich zu schlafen. „Ein paar Eier zum Frühstück wären jetzt nicht schlecht", scherzte sie.

„Ich sage den Zimmerservice bescheid", antwortete er, während er seine Turnschuhe anzog.

„Was hat du vor?", fragte sie.

„Du sollst deine Eier haben", erwiderte er lachend.

„Du bist verrückt, du kannst doch nicht …"

„Natürlich kann ich", unterbrach er sie, „dauert nur ein paar Minuten."

Halbherzig versuchte sie ihn zurückzuhalten, aber da war er schon auf dem Weg ins Tal. Immer diese Dummheiten, dachte sie, aber gerade wegen dieser spontanen Einfälle liebte sie ihn.

Sie konnte Dirk nicht mehr sehen. Er war zwischen den verschiedenen kleineren Gebäuden verschwunden. Was dann die nächsten Minuten geschah, würde sie ihr ganzes Leben nie wieder vergessen und sie wie ein böser Traum immer wieder einholen. Plötzlich schlug ein Hund an. Dann war da dieser alte Mann mit der Flinte, der irgendetwas in der Sprache der Einheimischen rief. Dann fiel ein Schuss. Der Schuss hallte lange in ihren Ohren nach, ohne dass sie begriff, was da geschehen war. Unfähig sich zu rühren, lag sie reglos da.

Erst als die Carabinieri und kurz danach ein Leichenwagen kamen, fing sie an, das Unfassbare zu begreifen. Die Sonne stand bereits hoch am Himmel, als sie sich auf den Weg machte.

Kapitel 1

Dass dies ein beschissener Tag werden würde, war Karl Berger klar, als er morgens schlaftrunken mit dem kleinen Zeh seines linken Fußes gegen die Badezimmertür knallte. Als dann auch noch diese blöde Karre nicht ansprang, und er zu Fuß zur Dienststelle humpeln musste, war er sich dessen ganz sicher. Da war es auch nicht weiter verwunderlich, dass dieser Hohlkörper, der sich selbst Löwe nannte, kurz vor Schichtwechsel unter der 110 anrief. Der Kerl hatte nichts wie Blödsinn im Kopf. Berger war fest davon überzeugt, dass es sich um blinden Alarm handeln würde. Aber leider war dem nicht so.

Der Tote war an die Hütte gelehnt. Rechts von ihm standen einige Kästen Bier. Fast konnte man den Eindruck gewinnen, als sei er während einer Fete eingeschlafen. Es war noch keine zwei Wochen her, dass man Berger zuletzt zum Atzelgifter Grillplatz gerufen hatte. Damals hatte eine Berufsschulklasse, überwiegend Frauen, ihren Abschluss von vor fünfundzwanzig Jahren gefeiert. Die hatten alles darangesetzt, dass alle Bewohner der anliegenden Straßen die meisten Songs Wolfgang Petrys auswendig lernten. Weit nach Mitternacht hatte dann ein genervter Anwohner die Dienststelle in Hachenburg angerufen und das Gespräch bezeichnenderweise mit „Hölle! Hölle! Hölle!" begonnen. Als die Streife dann eintraf, hatte es mit den Feiernden keine größeren Probleme gegeben. Sie hatten sofort die überdimensionale Musikanlage leiser gedreht. Bergers Ehefrau hatte sich nur am nächsten Tag beklagt, dass die zahlreichen Lippenstiftspuren so schlecht vom Kragen des Uniformhemdes zu entfernen waren.

Diesmal war es ernster. Obwohl der junge Mann friedlich zu schlafen schien, sah Berger sofort, dass er tot war. Er hatte schon einige Tote gesehen. Hier war kein Notarzt erforderlich.

„Die haben wir dahin gestellt, wir haben heute eine Geburtstagsfeier. Bis dahin seid ihr doch sicher hier fertig." Der Dreißigjährige, der das sagte, war eben dieser Löwe. Er deutete dabei auf die Bierkästen. Berger kannte den Mann, war der doch öfter an Schlägereien und Raufhändeln beteiligt. Im Grunde war er alles andere als ein Löwe sondern eher harmlos. Lediglich nach dem übermäßigen Genuss von Alkohol glaubte er, gewaltige Kräfte zu besitzen und legte sich gerne mit welchen an, die einen Kopf größer als er waren, und das waren die meisten, denn Löwe maß gerade mal eins siebzig.

Berger lockerte seinen Hemdkragen und wischte sich den Schweiß aus dem Gesicht. Die erste richtige Hitzeperiode des Jahres und das bereits Anfang Mai. Die Wetterfee hatte irgendetwas von subtropischer Luft erzählt, die aus Südwesten nach Deutschland zog. Vor zehn Minuten hätte seine Schicht geendet. Eigentlich könnte er jetzt in seinem Garten sitzen, ein kühles Bier vor sich. Der Tag war viel zu schön, um ihn mit einem Toten und solchen Idioten zu verbringen. Aber das war schließlich sein Job und eigentlich mochte er den auch. Er war versucht, den nächsten Satz mit Hornochse zu beginnen, fragte jedoch stattdessen lediglich: „Habt ihr irgendetwas angerührt?" Obwohl sich die Frage eigentlich angesichts der Bierkästen erledigte.

Löwe und seine beiden Begleiter schüttelten den Kopf.. Ein langer Dürrer, den Berger wohl vom Sehen, aber nicht mit Namen kannte, antwortete: „Natürlich nicht. Das sieht man doch in jedem Krimi. Wir haben euch gleich angerufen. Wir sind der Polizei immer gerne behilflich." Das hämische Grinsen hätte er sich auch sparen können.

„Und da habt ihr nichts Besseres zu tun, als hier alles zu kontaminieren?"

„Wir haben hier nichts kontaminiert, was immer das auch bedeuten soll. Wir wollen nur Geburtstag feiern. Können wir schon mal das Holz ausladen und das Feuer anzünden? Nur von der Sonne wird der Spießbraten auch nicht gar."

„Nichts könnt ihr. Ihr habt schon genug angerichtet. Ihr wartet in mindestens dreißig Metern Entfernung, bis unsere Kollegin da ist. Die hat sicher noch einige Fragen an euch."

Berger wies seinen jungen Kollegen, der etwas blass um die Nase war, an: „Sperr hier mal großzügig ab! Ich rufe Frau Stein an, die soll sich das hier mal ansehen."

Ulla Stein, mehr oder weniger das Einmannteam, oder sollte man sagen, das Einfrauteam, der Kripo bei der Polizeiinspektion Hachenburg im nördlichen Rheinland-Pfalz.

Eigentlich gehörte noch ein anderer Kollege, Oberkommissar Otto, zu der Truppe, aber Ulla hatte ihn seit ihrem Amtsantritt vor etwa einem halben Jahr noch nicht zu Gesicht bekommen. Statt dessen hatte man ihr Mark Schneider, einen jungen Anwärter zugewiesen, der seinen Dienst stets gebügelt und geschniegelt antrat, und der von sich überzeugt war, dass die Polizei mit ihm einen großen Fang gemacht hatte und er irgendwann Polizeipräsident werden würde.

So recht hatte sich Ulla noch nicht an ihren neuen Arbeitsplatz gewöhnt, war doch alles für die attraktive Hauptkommissarin ziemlich überraschend gekommen. Es hatte damit angefangen, dass der bisherige Dienststellenleiter seinem Hobby zum Opfer gefallen war. Beim Training zum Londonmarathon hatte er eine Grippe übergangen und war dann, obwohl er dabei war, eine persönliche Bestzeit aufzustellen, kurz vor dem Ziel tot zusammengebrochen. Bei der Obduktion war eine Herzmuskelentzündung festgestellt worden.

Da man solche Posten ungern aus der Dienststelle heraus neu besetzt, war die Stelle ausgeschrieben worden und man hatte Ulla Steins Lebensgefährten Christoph Leyendecker nahegelegt, sich doch zu bewerben, da er ja aus Hachenburg stamme und hier schon mit einigem Erfolg tätig geworden sei. Mehr oder weniger hatte man ihm zu verstehen gegeben, dass er, falls er sich bewerbe, sehr wahrscheinlich genommen würde. Leyendecker hatte lange gezögert, war er doch schon einmal vom LKA nach Hachenburg gewechselt, nur um dann kurz darauf, zwar mit verbesserten Konditionen, zum LKA zurückzukehren.

Den Ausschlag hatte schließlich gegeben, dass man Ulla Stein Leyendeckers ehemalige Stelle, die immer noch vakant war, unter der Hand zugesagt hatte.

Trotzdem war es beiden nicht leicht gefallen, die Großstadt gegen das beschauliche Landleben einzutauschen. Schließlich hatten sie sich doch beide für den Westerwald entschieden und waren in die Wohnung im Obergeschoss von Leyendeckers Geburtshaus, die sie bisher schon als Ferienwohnung nutzten, eingezogen. Sehr zur Freude von Frau Hein, die immer noch mit ihrem Kater Balboa die untere Wohnung bewohnte, und die endlich wieder jemand hatte, den sie mit ihren deftigen Mahlzeiten versorgen konnte.

Eigentlich fühlten sie sich ganz wohl. Gelegentlich vermisste Ulla Mainz. Bei Leyendecker war das weniger der Fall. Ihm machte mehr zu schaffen, dass er jetzt als Dienstellenleiter häufiger die ungeliebte Uniform tragen musste. Er beschränkte dies jedoch, soweit er dies eben konnte, auf repräsentative Anlässe, was sicher nicht den Vorschriften entsprach.

Kapitel 2

Es dauerte etwa zehn Minuten, bis Ulla Stein aus ihrem gelben Mini ausstieg. Das Erste, was sie wahrnahm, war das Gezeter der Elstern, die ganz in der Nähe ihre Nester gebaut hatten. Vermutlich in der Hoffnung, dass bei den zahlreichen Feiern auch einiges an Fressbarem für sie abfiel. Die schwarz-weißen Rabenvögel hatten hier sozusagen Heimrecht, waren sie doch die Namensgeber für das kleine Dorf in der Nähe der Abtei Marienstatt, denn Atzel ist wohl das altdeutsche Wort für Elster. Einer der Geburtstagsgäste pfiff anerkennend, als er Ulla wahrnahm, wofür er lediglich ein Kopfschütteln erntete.

„Hallo Ulla", begrüßte Berger seine Kollegin und hielt ihr das Absperrband hoch. „Schau dir das lieber selbst an."

Der Tote war wohl nur wenig älter als zwanzig. Schwarze Locken, braune Augen, eigentlich ein recht hübscher Junge. Bekleidet war er mit einem schwarzen T-Shirt und einer verschlissenen Jeans. An den Füßen trug er Sportschuhe, die, wie die drei Streifen auswiesen, von diesem großen Sportausrüster aus Herzogenaurach stammten. Am Hinterkopf konnte man eine offene Wunde sehen, allerdings war kaum Blut geflossen.

So richtig hatte Ulla sich immer noch nicht an den Anblick von Toten gewöhnt, besonders wenn es sich um so junge Menschen wie in diesem Fall handelte. Zwar hatte sich mit der Zeit eine gewisse Routine eingestellt, Ulla war jedoch weit davon entfernt, den Tod als Normalfall anzusehen. Natürlich konnte sie an der Tatsache nichts mehr ändern, aber die Verantwortlichen zur Rechenschaft ziehen, das konnte sie und deshalb verschaffte ihr der Beruf als Polizeibeamtin nach wie vor eine gewisse Befriedigung. „Wir brauchen das volle Programm", stellte sie fest. „Gerichtsmedizin, Spurensicherung und so weiter." Sie sah von weiteren Untersuchungen an der Leiche ab, wollte sie sich doch nicht den Zorn der Spurensicherer zuziehen.

Nach ein paar Telefonaten wandte sie sich den drei Geburtstagsgästen zu. Allerdings hätte sie sich deren dummes Geschwätz auch ersparen können. Außer irgendwelchen Witzchen, die wohl nur sie lustig fanden, konnten die nichts weiter Erhellendes beitragen. Nein, sie hätten nichts Auffälliges gemerkt. Ob sie denn nun die abendliche Feier vorbereiten können.

„Daraus wird nichts", nahm sie ihnen den Wind aus den Segeln. „Ich schlage vor, ihr nehmt eure Handys und informiert eure Kumpane, dass die Feier gestrichen ist. Ich habe kein Interesse, dass nachher noch mehr von eurer Sorte auftauchen. Hinterlasst eure Adressen bei den Kollegen und macht euch vom Acker."

Gerichtsmediziner, ein Dr. Junghans, und das Team der Spurensicherung trafen fast gleichzeitig ein.

Der Arzt untersuchte den Toten eingehend, wobei er leise vor sich hinbrummelte.

„Können Sie schon was sagen?", drängelte Ulla Stein.

„Immer diese Ungeduld. Sie wissen doch selbst, dass ich ohne genauere Untersuchung nichts sagen kann. Die Wunde am Hinterkopf sehen Sie ja selbst, ob die allerdings die Todesursache ist …"

„Was meinen Sie, wurde er hier getötet?"

„Nein. Er wurde tot transportiert. Das kann man anhand der Leichenflecke feststellen. Außerdem müsste hier dann mehr Blut sein."

„Das habe ich mir auch schon gedacht", stimmte Ulla ihm zu. „Todeszeitpunkt?"

„Gestern Abend. Zehn Uhr, Plusminus zwei Stunden. Das wäre zunächst alles."

„Danke für ihre Hilfe."

Ulla sah sich um. Warum wurde der Tote gerade an diesen Ort gebracht?

Der Platz hier war gut zu erreichen, aber trotzdem schlecht einzusehen. Jemand hatte es wohl eilig gehabt, die Leiche loszuwerden. Einfach kurz von der Landstraße abfahren. Innerhalb weniger Minuten war alles erledigt. Unauffälliger, als irgendwo in den Wald zu fahren. Ein Auto im Wald erregt immer Aufmerksamkeit.

Irgendein Spaziergänger oder Jäger begegnet einem immer. Der erinnert sich dann auch. Ein Auto würde hier jedoch keinem auffallen.

Der Leiter der Spurensicherung, er trug immer noch die obligatorische John-Lennon-Brille, kam auf Ulla zu. „Können wir?"

Sie nickte. „Vielleicht durchsuchen Sie den Toten zuerst. Möglicherweise findet sich ja dort ein Hinweis, mit wem wir es hier zu tun haben."

Leider war das nicht der Fall. Ein Päckchen Tabak, Zigarettenpapier, ein Einwegfeuerzeug. Mehr befand sich nicht in den Taschen.

„Schade", stellte Ulla fest. „Möglich, dass wir anhand der Fingerabdrücke die Identität feststellen können, falls die registriert sind. Wenn nicht, kann es schwirig werden. Suchen Sie weiter. Laut Gerichtsmediziner ist der Tote transportiert worden. Vielleicht finden Sie ja Spuren eines Fahrzeugs."

„Leider kann ich Ihnen da wenig Hoffnung machen. Das hier ist ein Grillplatz. Da wimmelt es von Spuren. Das wäre die Nadel im Heuhaufen."

„Warten wir ab", bemerkte Ulla, „wenn es Spuren gibt, dann finden Sie die auch. Da bin ich mir sehr sicher."

Ulla wandte sich an Berger, der etwas abseitsstand. „Hört euch bitte mal bei den nächsten Anliegern um, ob von denen jemand etwas bemerkt hat."

Berger nickte und winkte seinem jungen Kollegen.

Ulla wartete noch, bis die Männer mit dem Zinksarg kamen. Dann fuhr sie zurück zur Dienststelle.

Leyendecker erwartete sie bereits. Natürlich hatte es sich längst rumgesprochen, dass sie es wieder einmal mit einem Tötungsdelikt zu tun hatten. Er hörte sich kurz an, was Ulla Stein zu berichten hatte. „Viel ist das ja nun nicht gerade."

„Wir stehen ja gerade am Anfang. Was erwartest du?", entgegnete Ulla.

„Du weißt schon, dass eigentlich die Kollegen aus Koblenz zuständig sind?," gab er zu bedenken.

„Die werden sich nicht gerade um den Fall reißen. Ein unbekannter Streuner. Da kräht doch kein Hahn danach."

„Da magst du schon recht haben. Trotzdem muss ich sie informieren. Bis dahin kannst du ja erst einmal weiter ermitteln."

„Fragt sich nur wie und wo", seufzte sie.

„Du machst das schon. Zur Not müssen wir die Presse einschalten und das Foto des Toten veröffentlichen. Aber warten wir zunächst einmal ab. Vielleicht hat ja Karlchen etwas erfahren. Ich sehe, da kommt er bereits über den Parkplatz."

Kurze Zeit später betrat Karl Berger die Stube des Dienststellenleiters. „Ganz schön heiß da draußen," brummelte er. „Die hatten sich schon den richtigen Tag für ihr Grillfest ausgesucht."

„Daraus wird wohl jetzt nichts," stellte Leyendecker fest. „Konntet ihr irgendwas in Erfahrung bringen?"

Berger schüttelte die schwarzen Locken. „Keiner will irgendetwas gesehen oder gehört haben. Es ist wie mit den drei Affen, aber im Ernst, wer soll schon was merken, wenn da nachts irgendjemand etwas ablädt."

„Überhaupt nichts was uns weiter hilft?"

„Nun ja, irgendwer glaubt, ein schweres Motorrad gehört zu haben. Vielleicht eine Harley, aber sicher ist er sich da auch nicht, und an die Uhrzeit kann er sich auch nicht erinnern. Keine wirkliche Hilfe."

„Vielleicht doch", warf Leyendecker ein. „Da gibt es doch zwischen Atzelgift und Nister das Klubhaus von diesen Rockern."

„Ach ja, die Morgensonne, mein Gott, ist das lange her. Früher war dort einmal richtig was los," erinnerte sich Berger. „Das war allerdings in grauer Vorzeit. Dann ist es mit der Kneipe immer weiter bergab gegangen. Es hieß, sie sollte abgerissen werden. Auf einmal waren diese Motorradfahrer da. Sind bisher nicht weiter auffällig geworden. Ab und zu sieht man sie auf ihren schweren Maschinen. Aber sonst …" Er zuckte die Achseln.

„Das interessiert mich. Die sehen wir uns mal an. Kommst du mit, Karlchen?"

Berger folgte Ulla. „Lass uns den Streifenwagen nehmen. In deiner Sardinenbüchse habe ich viel zu wenig Platz."

„Der Mini ist sehr geräumig. Ich glaube du musst dringend ein paar Kilos abspecken."

Kapitel 3

In den letzten Jahren hatte es hier immer wie Kraut und Rüben ausgesehen. Diesmal wirkte alles viel aufgeräumter. Außerdem hatte man der alten Morgensonne ein paar Liter Farbe gegönnt. Es war noch Nachmittag, und der helle Sonnenschein verlieh dem alten Gemäuer tatsächlich einen gewissen einladenden Glanz. Vermutlich gingen die meisten Biker auch einer geregelten Beschäftigung nach. Deshalb standen auch nur wenige Motorräder auf dem Hof. Berger sah ein altes BMW-Gespann, mehrere Harleys und eine Münch Mammut TTS.

Karlchen zeigte auf die Mammut. „Erinnert mich an meine Jugend."

„Sag bloß, du hättest eine solche Maschine gefahren? Das hätte ich dir gar nicht zugetraut."

„Das nicht gerade, die hätte ich mir gar nicht leisten können, aber mein erstes Auto, ein zehn Jahre alter NSU, hatte denn gleichen Motor."

Ulla klingelte.

Die Tür öffnete sich einen Spaltbreit. „Dies ist ein Klub. Zutritt nur für Mitglieder."

Ulla zeigte ihren Dienstausweis: „Meine Mitgliedskarte!"

Der dicke Kerl mit verfilztem Bart und verfilzten Haaren öffnete. Gekleidet war er wie man sich so landläufig das Mitglied einer Rockergruppe vorstellt. Schwere Stiefel, schwarze Lederhose, schwarze ärmellose Lederweste. „Kommen Sie doch herein, wenn ich Ihren Begleiter in Uniform eher gesehen hätte, hätte ich gleich geöffnet", schnaufte er.

„Ist mir auch noch nicht passiert, ich bin ja nun wirklich nicht zu übersehen", amüsierte sich Berger.

Der Dicke ging voraus. Die Rückseite seiner Weste zierte Dürers Holzschnitt Ritter, Tod und Teufel. Nur dass die drei Reiter nicht auf Pferden, sondern auf schweren Motorrädern saßen. Darüber stand in Rot: Apokalyptische Biker.

Sie folgten in den ehemaligen Schankraum. Aus den schweren Lautsprechern erklang Stairway to Haeven. Ulla mochte diesen Song von Led Zeppelin. Besonders den langsamen Teil. Das letzte Drittel empfand sie eher als Geschrei und Krach.

Die Möbel schienen noch aus der Zeit zu stammen, als die Morgensonne noch eine gut florierende Gaststätte war. Zumindest kam das Berger so vor, aber sicher war er sich da auch nicht. Im fahlen Licht konnten sie sechs Personen wahrnehmen. Vier Männer, zwei vor der Bar, einer dahinter. Ein weiterer saß an einem Tisch im hinteren Teil des Raumes an einem Laptop. Alle trugen die Uniform der Apokalyptischen Biker. Die beiden Frauen waren ebenfalls in schwarzes Leder gekleidet, Dürers Holzschnitt fehlte jedoch.

Die beiden Frauen kamen gleich auf Karlchen zu. „Was für ein schöner stattlicher Mann. Trinkst du etwas mit uns?"

Karlchen lächelte. „Ein andermal gerne. Aber wie ihr seht, bin ich im Dienst. Aber ich komme gerne auf euer Angebot zurück."

„Ludo, dein Typ wird verlangt!" rief der Dicke.

Der Mann am Tisch erhob sich und mit ihm ein schwerer Rottweiler, den sie erst jetzt bemerkten. „Bleib liegen Hannes, Freunde." Gehorsam legte sich der Hund wieder hin und schloss die Augen.

Ludo, wie ihn der Dicke genannt hatte, war schon eine beeindruckende Erscheinung. Sicher genauso groß wie Karlchen, breite Brust und muskulöse Arme. Die blonden lockigen Haare und der rötliche Bart waren ordentlich frisiert. Am meisten faszinierten Ulla jedoch die wasserblauen Augen, irgendwie unergründlich.

Mit einer Handbewegung wies er den Mann hinter der Theke an, die Musik leiser zu stellen. „Bring uns bitte drei Tee!"

„Sie mögen doch Tee, Frau Stein?" fragte er und reichte Ulla die Hand.

Ulla Stein wunderte sich. „Kennen wir uns?"

Lächelnd antwortete er: „Leider bisher nicht persönlich, aber damals nach der Schießerei am Dreifelder Weiher waren Sie in allen Gazetten. Ich muss sagen, die Fotos in den Zeitungen werden Ihnen in der Wirklichkeit nicht gerecht."

Ulla ersparte sich eine Antwort auf die Schmeicheleien. „Mein Kollege Oberkommissar Berger", stellte Sie Karlchen vor.

„Nehmen Sie doch bitte Platz, wie ich sehe, kommt der Tee schon. Was kann ich für die Polizei tun?"

„Sagen Sie uns erst mal Ihren Namen."

„Selbstverständlich, mein vollständiger Name ist Ludo Behrmann, aber nennen Sie mich doch Ludo, wie alle anderen hier."

„Ich bleibe doch lieber bei Herr Behrmann. Sie haben es sicher schon gehört. Bei der Grillhütte in Atzelgift gab es einen Todesfall."

„So was spricht sich schnell herum, wir haben davon gehört. Und da kommen Sie gleich zu den gefährlichen Rockern?"

„Einer der Zeugen glaubte, ein schweres Motorrad gehört zu haben. Vielleicht hat ja einer Ihrer Leute etwas gesehen."

„Schwere Motorräder gibt es viele. Erwähnt hat jedenfalls keiner etwas. Ich kann mich ja erkundigen. Dafür müsste ich natürlich wissen, von welchem Zeitraum wir reden."

„Irgendwann am gestrigen Abend. Wir können uns da nicht so genau festlegen. Alles kann wichtig sein." Ulla rief auf Ihrem I-Phone das Bild des Toten auf. „Haben Sie den jungen Mann schon mal gesehen?"

Ludo besah sich das Foto eingehend. „Nicht dass ich wüsste, aber ich kann ja meine Leute fragen. Am besten Sie mailen mir das Foto, dann kann ich es ausdrucken. Heute Abend sind sicher mehr Leute da. Ich werde es aufhängen. Vielleicht kann Ihnen ja doch einer von uns behilflich sein." Während er das sagte, holte er eine Visitenkarte aus der Tasche. „Hier finden Sie meine Mailadresse."

AB-Securitas war da zu lesen. „Sie betreiben eine Sicherheitsfirma?", erkundigte sich Ulla. „Sind Sie da der Chef?"

Ludo lächelte. „So kann man das wohl ausdrücken. Tatsächlich betreiben wir einige Firmen. Hauptsächlich im Bereich der Sicherheit. Wachdienst, Leibwächter, Ordnungsdienst. Sie verstehen sicher. Außerdem ein paar Fitnessstudios und eine Inkassofirma."

„Apokalypse-Inkasso", rutschte Berger raus.

„Sicher alles sehr einträglich", stellte Ulla fest.

Ludo verlor sein freundliches Lächeln nicht. „Wir können nicht klagen. Besuchen Sie doch mal eins unserer Fitnessstudios. Sie sind eingeladen. Sie selbstverständlich auch, Herr Oberkommissar."

Berger schüttelte sich wie ein Neupfundländer, der gerade aus dem Wasser kommt. „Mir reicht der Dienstsport."

Ulla erhob sich. „Die Pflicht ruft. Danke für den Tee. Falls Sie irgendetwas erfahren sollten, egal wie unwichtig es auch zu sein scheint, rufen Sie uns an. Ich lasse Ihnen meine Karte da."

„Ich melde mich, versprochen."

„Na, wie war es bei den Rockern? Seid ihr irgendwie weiter gekommen?" Leyendecker hatte bereits auf Ulla gewartet.

„Es war interessant, aber weiter gekommen sind wir nicht wirklich. Apokalyptische Biker nennen die sich. Der Chef, oder wie auch immer der bei denen heißt, ist ein wirklich charismatischer Mensch, faszinierend. So richtig weiß ich nicht, wie ich ihn einschätzen soll. Wie war es hier? Die Sache hat sich doch sicher herumgesprochen. Haben sich irgendwelche Zeugen gemeldet?"

„Leider keinerlei Resonanz."

„Hast du mit den Koblenzern gesprochen?"

„Wie wir uns gedacht haben. Die haben kein Interesse an dem Fall. Offiziell arbeiten wir mit denen zusammen. Inoffiziell heißt das, dass wir tun und lassen können, was wir wollen.

„Dann sollten wir keine Zeit verlieren und die Presse einschalten. Irgendwie müssen wir ja weiter kommen."

Leyendecker nickte zustimmend. „Allerdings sollten wir die Angelegenheit zunächst auf die örtliche Ebene beschränken. Ich rufe die Lokalredaktion unseres Heimatblättchens an."

In früheren Zeiten hätte Leyendecker die Lokalredaktion persönlich aufgesucht, hätte er doch dort eine attraktive Dame angetroffen, mit der er so manchen Strauß ausgefochten hatte. Die hatte jedoch, auch aufgrund der Berichterstattung über einen spektakulären Fall Leyendeckers, bei dem es im Wesentlichen um frühere Schüler des Marienstatter Gymnasiums ging, Karriere gemacht. Inzwischen war sie Redakteurin bei einer überregionalen Zeitung.

Der ständig erkältete, grauhaarige Endfünfziger, der jetzt über die örtlichen Ereignisse berichtete, war ihm am Telefon lieber als von Angesicht zu Angesicht.

Natürlich war der völlig begeistert und gerne bereit, das Bild des Toten, verbunden mit einem Aufruf nach Zeugen aller Art, zu veröffentlichen.

Nachdem Leyendecker sich vergewissert hatte, dass keine neuen Informationen von Spurensicherung und Pathologie vorlagen, fuhren beide nach Hause.

Kapitel 4

Für Hannah war es eine schöne Zeit. Dieses Frühjahr hatte sie ihr Abitur bestanden. Das Ergebnis ihrer Noten hatte sie angenehm überrascht. Der offiziellen Verleihung der Zeugnisse waren zahlreiche private Feiern gefolgt, die sich bis in den Mai hinzogen. Nächste Woche würde sie zum Tauchen nach Indonesien fliegen. Die Reise hatten ihre Großeltern ihr zur bestandenen Reifeprüfung geschenkt. Was danach folgte, wusste sie noch nicht so genau. Am liebsten wäre sie einige Monate durch die Welt gereist. Aber sie wusste, dass dies bei ihren Eltern auf wenig Gegenliebe stoßen würde. Für heute Nachmittag hatte sie sich erst einmal mit ihren Freundinnen zu einem Eis verabredet.

Sie saßen vor der Eisdiele in der Wilhelmstraße von Hachenburg und ließen sich die frischen Erdbeeren mit Eis und Sahne schmecken. Letztes Wochenende hatte wieder eine der Feiern stattgefunden. Sie hatte aufgehört zu zählen, die wievielte das jetzt war. Diesmal hatten sie sich in Heimborn an der Nister getroffen. Sie amüsierten sich noch immer, wie zwei ihrer ehemaligen Klassenkameraden betrunken in den kleinen Fluss gefallen waren.

Hannahs Blick fiel auf die Zeitung, die der Mann am Nachbartisch in den Händen hielt.

„Der war da", sagte sie, erntete aber nur erstaunte Blicke ihrer Freundinnen.

„Wer war da?", fragte Ines.

„Na der da in der Zeitung. Erinnert ihr euch, Samstag in Heimborn."

Resolut stand sie auf. „Könnten wir vielleicht einmal kurz die Zeitung haben?"

Lächelnd reichte der Mann ihr das Blatt. „Sie können sie behalten. Ich habe sie ohnehin gelesen und muss auch weiter. Die Pflicht ruft."

„Erinnert ihr euch?", fragte sie und deutete auf das Foto.

„Ich weiß nicht," Ines war unsicher. „Da waren doch so viele. Solche Feiern ziehen ja immer alle möglichen Leute an. Schließlich war es dunkel und wir hatten einiges getrunken."

„Doch ich bin mir sicher. Der war das. Ich habe sogar mit ihm gesprochen. Hier ist eine Nummer angegeben. Die rufe ich gleich mal an."

Als Leyendecker sein Postfach öffnete, fand er den vorläufigen Bericht des Gerichtsmediziners. Dieser konkretisierte den Todeszeitpunkt auf ziemlich genau einundzwanzig Uhr. Eine Überraschung war jedoch die Feststellung der Todesursache. Der Tod war nicht durch die Kopfwunde hervorgerufen worden. Der Schlag auf den Kopf hatte zweifellos zur Bewusstlosigkeit geführt. Daran wäre der Unbekannte aber wohl nicht gestorben. Der junge Mann war erstickt worden. In Luftröhre und Lunge hatten sich Fasern von Baumwolle gefunden. Offenbar hatte man ihm mit einem Kissen oder einer Decke den Atem genommen. Die Indizien sprachen also eindeutig für vorsätzlichen Mord.

In der Kopfwunde hatte man Reste von Glas festgestellt, die wohl von einer Weinflasche herrührten. Riesling, wie die Rückstände in den Haaren und auf dem T-Shirt zeigten. Es hätte nur noch gefehlt, dass die auch Lage und Jahrgang genannt hätten.

Unter den Fingernägeln des Toten konnte keine Fremd-DNS festgestellt werden. Auch wies der Körper des Toten keinerlei weitere Verletzungen auf. Ein Kampf hatte also offenbar nicht stattgefunden.

Die Spurensicherung hatte das gesamte Gelände abgesucht und natürlich alle möglichen Spuren entdeckt. Schließlich war das Gelände ja öffentlich. Ob eine dieser Spuren jedoch dem Mörder oder der Mörderin zuzuordnen war, konnte niemand sagen. Vielleicht später, wenn man einen Verdächtigen hatte, gewannen die möglicherweise an Bedeutung. Im Augenblick halfen die allerdings nicht weiter.

Das Telefon klingelte. „Hier ist eine junge Frau", meldete sich der Wachhabende, „die glaubt, den Toten gesehen zu haben. Sie sagt, sie habe angerufen."

„Allerdings", bestätigte Leyendecker. „Schicken Sie sie doch bitte gleich zu mir."

Leyendecker informierte Ulla Stein, die die junge Frau vor Leyendeckers Zimmertür antraf und mit herein brachte.

Die junge Frau konnte man mit ruhigem Gewissen als hübsch bezeichnen. Strahlend blaue Augen, semmelblonde Haare, die zu einem Pferdeschwanz zusammengebunden waren. Ein strahlendes Lächeln zeigte ihre weißen, etwas unregelmäßigen Zähne, als sie das Zimmer betrat.

Leyendecker wies der Besucherin, die sich als Hannah Lang vorstellte, einen der beiden Stühle vor seinem Schreibtisch zu. „Sie kennen also den Toten? Erzählen Sie."

Hannah Lang hob abwehrend die Hände. „Kennen ist wohl zu viel gesagt. Ich habe ihn einmal gesehen."

„Wann und wo war das?"

„Das war Samstagabend, bei Heimborn, an der Nister. Da ist so eine Art Spielplatz."

„Kenne ich", bestätigte Ulla, „bei der alten Steinbrücke."

„Genau dort. Wissen Sie, wir haben in diesem Jahr Abitur gemacht, und da war eine von unseren Feiern."

„Meinen Glückwunsch", warf Leyendecker ein, „aber fahren sie doch fort."

„Danke. Es mag so gegen elf Uhr gewesen sein, da war er auf einmal da. Ich hatte nicht den Eindruck, dass er jemand dort kannte. Er stand nur unschlüssig herum."

„Verstehe", sagte Leyendecker. „Feiern dieser Art ziehen ja so alle möglichen Gestalten an. Die einen sind hinter dem billigen Bier her. Die anderen suchen Krawall."

„So einer war der nicht", wehrte sie ab. „Er stand irgendwie verloren mit seinem Bündel da."

„Er hatte ein Bündel dabei?"

„Ja, so ein gerollter Schlafsack. Und er hatte eine Jutetasche umhängen, glaube ich."

„Und dann, wie ging es weiter?"

„Ich bin dann auf ihn zu. Habe ihn gefragt, ob er was trinken möchte. Er hat um ein Wasser gebeten. Ich habe ihm dann noch eine Hähnchenkeule und ein Stück Brot geholt. Er schien ziemlich hungrig zu sein."

„Hat er gesagt, wie er heißt, oder vielleicht wo er herkommt?"

„Ich glaube nicht. Aber warten Sie, er sagte, dass er in Zukunft vielleicht hier im Westerwald bleiben würde, ich glaube er hat Nister genannt, aber er kann auch den Fluss gemeint haben. Und dann sagte er noch etwas Merkwürdiges. Die würden allerdings noch nichts davon wissen."

„Ulla horchte auf. „Wer sind die? Was kann er gemeint haben?"

„Hannah schüttelte den Kopf. „Keine Ahnung, jedenfalls war das merkwürdig. Ich habe dann auch einen alten Bekannten entdeckt, den ich noch begrüßen wollte, und habe den Fremden allein gelassen. Als ich später noch einmal nach ihm sehen wollte, war er verschwunden."

„Das war alles?"

Hannah nickte.

Ulla gab ihr ihre Karte. „Danke Frau Lang. Wenn Ihnen noch etwas einfällt, rufen Sie unbedingt an. Mag es Ihnen auch noch so unwichtig erscheinen."

„Was hältst du davon?", fragte Leyendecker, als die junge Frau gegangen war. „Kommt mir vor wie in einem dieser alten Western. Da taucht plötzlich irgendein unbekannter Fremder auf."

„Ja", bestätigte Ulla. „Nur dieser Fremde spielt dann meistens auch die Hauptrolle."

Leyendecker lächelte. „Es ist unsere Aufgabe, herauszufinden, welche Rolle der Fremde in dieser Geschichte spielt."

„Wir sollten uns doch mal in Nister erkundigen, ob nicht doch jemand ihn dort gesehen hat. Schließlich bekommt ja nicht jeder eine Zeitung. Ich glaube, das ist eine dankbare Aufgabe für unseren Anwärter. Schaden kann das jedenfalls nicht."

Kapitel 5

„Benötigen Sie noch etwas, Herr Gürtler?"

„Nein danke, Frau Heinze, Sie können jetzt Feierabend machen."

„Ich habe Ihnen noch ein paar Nudeln mit Tomaten und Thunfisch gemacht, falls Sie noch Hunger bekommen, der Teller steht im Kühlschrank. Einfach in die Mikrowelle. Dann bis morgen. Gute Nacht."

Anselm Gürtler schaltete den Laptop aus. „Ich glaube, es ist Zeit, ich mache dann auch Schluss für heute. Ich wünsche Ihnen auch eine gute Nacht."

Gürtler schenkte sich ein Glas Spätburgunder ein und trat auf die Terrasse. Schlossblick hieß das neue Baugebiet von Hachenburg, und das traf auch zu, hatte man doch von hier einen ungehinderten Blick auf das Schloss und die Altstadt des kleinen Westerwaldstädtchens. Das Schloss war in tadellosem Zustand. Die Deutsche Bundesbank hatte es vor Jahren erworben und nützte es heute als Ausbildungsstätte für ihren Nachwuchs. Ein Glücksfall für Hachenburg, was nicht zuletzt einem Direktoriumsmitglied der Bundesbank zu verdanken war, das von hier stammte. Für seinen Einsatz hatte man den Mann später zum Ehrenbürger ernannt.

Vor zwei Jahren hatte Gürtler hier ein Grundstück erworben und sich ein modernes, aber wohnliches Heim bauen lassen, das seinen Wünschen entsprach. An finanziellen Mitteln fehlte es ihm nicht. So war hier alle derzeit denkbare Elektronik zum Einsatz gekommen. Aber auch alle Vorkehrungen, die ihm das Leben erleichtern würden, wenn es mit seiner Gesundheit nicht mehr so gut bestellt war, waren getroffen worden.

Eigentlich hatte sein Haus in Nister ja für ihn ausgereicht, aber er verband damit zu viele negative Erinnerungen. Damals, vor mehr als zwanzig Jahren, war sein einziger Sohn ums Leben gekommen. Vor fünf Jahren war dann auch noch seine Frau gestorben, die den Verlust wohl nie ganz verwunden hatte.

Irgendwie hatte er sich eingebildet, die Veränderung würde ihm guttun und er hatte das Haus in Nister seinem Neffen vermacht, der ihn wohl auch später beerben würde.

Ohnehin war es wohl an der Zeit, über die Zukunft der Firma nachzudenken. Was damals mit einem schlichten Steinbruch begonnen hatte, war inzwischen ein recht bedeutendes mittelständisches Unternehmen geworden. Zwar hatte er sich bereits jetzt weitgehend aus dem Tagesgeschäft der Westerwälder Basalt- und Bauxitgesellschaft zurückgezogen, aber als Haupteigentümer zog er immer noch die Fäden im Hintergrund. Gegen den Widerstand zahlreicher Umweltaktivisten war es ihm gelungen, eine erweiterte Abbaugenehmigung für für den Nauberg zu erhalten.

Aber er zweifelte immer mehr, für wen oder was er das eigentlich noch machte. Geld hatte er genug, dass er den Rest seines Lebens sorgenfrei verbringen konnte. Sein Ehrgeiz ließ immer mehr nach. Er hatte, wie man so schön sagt, den Biss verloren. Immer häufiger dachte er darüber nach, die Geschicke der Firma ganz in die Hände seines Neffen Peter zu legen, war aber bisher immer davor zurückgeschreckt.

Mark Schneider war sauer. So hatte er sich seine Arbeit bei der Kriminalpolizei nicht vorgestellt. Er war ja nun wirklich zu schade fürs Klinkenputzen. Und dann diese Hitze. Die war eigentlich unerträglich. Zweifellos würde es im Laufe des Tages noch ein heftiges Gewitter geben. Seit Stunden dackelte er von einer Haustür zur anderen, um das Foto des Toten vom Atzelgifter Grillplatz vorzuzeigen und immer denselben Spruch aufzusagen. Bisher hatte er jedoch nur Kopfschütteln geerntet, oder die Tür war ihm mit den Worten: „Kenne ich nicht", vor der Nase zugeschlagen worden.

So machte er sich auch keinerlei Hoffnungen, als er an der Haustür des ehemaligen Bauernhauses das Klingelschild mit dem Namen Hüfner bediente. Umso überraschter war er, dass die Tür sofort geöffnet wurde.

„Kommen Sie doch herein. Ich beobachte Sie schon die ganze Zeit", begrüßte ihn eine grauhaarige Frau und bat ihn in ihre Küche. Die Einrichtung stammte sicher noch aus den sechziger Jahren. Aber alles war blank geputzt, nicht einmal ein paar benutzte Gläser standen herum. Wie es schien, legte die alte Dame viel Wert auf Ordnung und Sauberkeit. „Sie sind ja ganz durchgeschwitzt, Sie Ärmster. Kommen Sie! Setzen Sie sich hier an den Küchentisch. Ich wette, Sie haben Durst. Kein Wunder, bei diesem Wetter." Ohne weiter zu fragen, schenkte sie ein Glas Orangensaft ein. „Das wird Ihnen guttun, junger Mann. Wie kann ich Ihnen helfen?"

Schneider ließ sich am Küchentisch nieder. Tatsächlich war er erschöpft und auch durstig. So war er durchaus dankbar für Frau Hüfners Angebot. Er nahm einen kräftigen Schluck. „Ich bin von der Polizei …"

„Ach ein Polizist!", unterbrach sie ihn. „Ich habe mich schon gefragt, was Sie da machen, eigentlich habe ich gedacht, ein Vertreter. Die sind ja auch häufig so korrekt gekleidet, mit Anzug und Krawatte. Schön, dass es auch bei der Polizei noch junge Leute gibt, die Wert auf ihr Äußeres legen."

Schneider zeigte ihr das Bild des Toten. „Wie ich schon sagte, komme ich von der Polizei. Wir ermitteln im Zusammenhang mit dem Tod dieses jungen Mannes. Sie haben doch sicher davon gehört. Vielleicht haben Sie das Foto ja auch in der Zeitung gesehen, Frau Hüfner. Sie sind doch Frau Hüfner?"

„Richtig, Hüfner", bestätigte sie, „wie mein verstorbener Mann. Aber das Foto habe ich nicht gesehen. Ich beziehe keine Zeitung. Heutzutage muss man ja sein Geld zusammenhalten. Neuigkeiten erfahre ich aus dem Fernsehen oder gelegentlich aus dem Internet. Warten Sie, ich hole mir meine Lesebrille. Möchten Sie noch einen Schluck Saft?"

Schneider wehrte ab. „Sehr freundlich aber nein, danke."

„Da ist die Brille ja. Das kennen Sie ja sicher. Sie suchen doch sicher auch öfter danach?"

„Bisher brauche ich noch keine Brille, aber später sicherlich. Irgendwann werden wir ja alle älter."

„Ach ja, wie dumm von mir. Aber zeigen Sie das Bild doch mal her." Eingehend musterte sie das Foto. Dann nickte sie. „Möglich, dass ich den gesehen habe. Vorgestern, nein, warten Sie vorvorgestern. Das kann der gewesen sein. Ich war auf dem Friedhof. Wissen Sie, ich besuche Roberts Grab mindestens zweimal die Woche. Man muss doch nach dem Rechten sehen. Robert, das ist mein verstorbener Mann."

„Und da glauben Sie, den Mann von dem Foto gesehen zu haben? Ist Ihnen irgendetwas aufgefallen?"

„Ich glaube schon, dass der es war, aber sicher bin ich mir da nicht. Aber aufgefallen ist mir an dem nichts. Ein junger Mann halt. So wie alle jungen Leute heute, Jeans und T-Shirt. Er trug so ein zusammengerolltes Bündel bei sich."

„Und der war auf dem Friedhof?"

„Ich weiß nicht, ob er auf dem Friedhof war. Gesehen habe ich ihn, als ich vom Friedhof kam. Jedenfalls schaute er in die Richtung."

Haben Sie gesehen, wo er herkam? Wo wollte er hin?"

Frau Hüfner machte eine vieldeutige Handbewegung. „Wer kann das schon sagen. Er war einfach da, stand auf der Straße. Das war weiter nicht auffällig. Man trifft dort häufiger Wanderer. Von da aus kommt man zum Kloster Marienstatt oder auch zur Nistermühle, da wo sich damals der Adenauer versteckt hat. Woher soll ich wissen, wo er herkam und wohin er wollte? Möchten Sie nicht doch noch ein Glas Orangensaft? Oder vielleicht einen Kaffee?"

Der junge Anwärter hatte keine Ahnung, wovon die alte Dame sprach. Er nahm an, dass mit Adenauer der ehemalige Bundeskanzler gemeint war. Aber vor wem und weshalb der sich hier im Westerwald versteckt hatte, entzog sich seiner Kenntnis. Er nahm sich vor, bei Gelegenheit einen Kollegen zu fragen, um diese Wissenslücke aufzufüllen. Einer der Einheimischen wusste das bestimmt. Für den Fall war das ja wohl unerheblich. Er erhob sich und bedankte sich für die Geduld der alten Dame. „Ich muss dann auch weiter. Vielleicht hat ja sonst noch jemand etwas bemerkt. Wenn Ihnen noch etwas einfällt, zögern Sie nicht, uns anzurufen. Alles kann wichtig sein."

„Dann will ich Sie nicht weiter aufhalten, junger Mann. Das war eine angenehme Abwechslung. Kommen Sie doch wieder mal auf einen Kaffee oder ein Glas Orangensaft vorbei. Ich würde mich freuen. Ich begleite Sie noch bis zur Haustüre."

„Was meinst du, Ulla? Wie passt das alles zusammen?", fragte Leyendecker. „Wir haben zwei Hinweise, die nach Nister deuten, dann den Auffindeort, der nicht der Todesort ist, in Atzelgift und ziemlich auf halbem Weg diese Rockerkneipe. In Atzelgift will jemand ein schweres Motorrad gehört haben."

Ulla zögerte. „Ich bin mir nicht sicher, dass das alles zusammenhängt. Klar, das junge Mädchen hat gehört, dass der Tote von Nister gesprochen hat, und die alte Frau hat einen jungen Mann gesehen, auf den die Beschreibung des Toten zutrifft. Seltsam, dass in Nister nur die alte Frau den Fremden bemerkt hat, und auf der Abifete ist er auch weitgehend unbemerkt geblieben. Ich bin bereit zu glauben, dass es sich um unser Opfer handelt. Dafür spricht, dass beide beschrieben haben, der junge Mann hätte eine Rolle, vermutlich einen Schlafsack oder eine Isomatte, bei sich gehabt. Nister scheint also eine gewisse Bedeutung zu haben. Das schwere Motorrad in Atzelgift und die Morgensonne damit in Verbindung zu bringen, erscheint mir aber doch zu gewagt. Das ist wohl alles eher Zufall."

„Vermutlich schon", stimmte Leyendecker ihr zu. „Wo ist diese ominöse Rolle? Wo sind die Papiere des Toten Mit Sicherheit hat er auch ein Handy gehabt. Es gibt heute keine jungen Menschen mehr ohne Handy. Wir müssen irgendwas finden, was uns der Identität näher bringt. Erst dann kommen wir weiter. Hätten wir beispielsweise sein Handy, könnten wir feststellen, wen er zuletzt angerufen hat, aber auch, auf wen das Handy registriert ist. Irgendwann werden wir herausfinden, wer unser Toter ist. Irgendjemand wird ihn schon vermissen, aber bis dahin verlieren wir Zeit und ich brauche dir ja nicht zu sagen, dass jeder Tag, der verstreicht, die Aufklärung erschwert."

Ulla Stein nickte bestätigend. „Ich gebe dir ja recht, aber was wollen wir machen? Unser Anwärter soll sich noch mal an den Computer setzen und alle Vermisstenmeldungen durchgehen. Vielleicht finden wir ja doch etwas."

Kapitel 6

Aus sicherer Entfernung beobachtete er, wie der dunkle Geländewagen mit den getönten Scheiben rückwärts den schmalen Weg befuhr und direkt vor dem Denkmal hielt. Der Fahrer stieg aus und ging zum Heck des Pkws, um dort die Klappe zu öffnen. Kurzzeitig entzog er sich der Beobachtung. Dann kam er zurück, blieb kurz vor dem Gedenkstein stehen, ehe er den Wagen bestieg und davonfuhr. Der Beobachter verharrte noch eine Weile, ehe er zu seinem Motorrad ging.

Eine Plastiktüte lag auf dem Sims der Erinnerungsstätte. Der Motorradfahrer hielt an, um den Inhalt in seinen Satteltaschen zu verstauen, als er plötzlich eine Bewegung hinter sich wahrnahm. Er hatte keine Zeit mehr, sich zu wundern, woher der Kerl so plötzlich kam.

Ulla wusste, wo das Denkmal des französischen Generals Marceau stand, den man Ende des achtzehnten Jahrhunderts in der Nähe von Höchstenbach angeschossen hatte, und der kurz darauf in Altenkirchen verstorben war. Oberhalb von Höchstenbach führte am Waldrand ein schmaler Weg rechts von der B8 ab. Sie war häufig daran vorbeigefahren, hatte die Gedenkstätte allerdings nie aus der Nähe gesehen. Nun war sie veranlasst, diese Bildungslücke zu schließen, denn man hatte dort einen Toten gefunden.

Sie hielt mit ihrem Mini hinter dem Streifenwagen. Berger kam ihr entgegen. „Ein Motorradfahrer, ein Mitglied unserer gemeinsamen Freunde, den Apokalyptischen Bikern, so wie es aussieht, erschossen. Aber mach dir doch selbst ein Bild."

Der Mann lag direkt vor dem Denkmal. Sein rechtes Bein war unter einem schweren Motorrad eingeklemmt. Ein Helm mit abgedunkeltem Visier lies sein Gesicht nicht erkennen. Unterhalb des Helms war im Genick eine Eintrittswunde zu erkennen. Die Wundränder waren rußgeschwärzt. Ulla beugte sich über den Mann. „Aufgesetzter Schuss", stellte sie fest. „Sieht aus wie eine Hinrichtung. Hier kommt jede Hilfe zu spät. Sind wir hier in einen Rockerkrieg geraten? Hoffentlich nicht. Das wäre doch eine Nummer zu groß für uns." Sie streifte sich die Einweghandschuhe über. „Mal sehen ob wir irgendetwas finden, was uns bei der Identifizierung hilft." Vorsichtig, den Toten möglichst wenig bewegend, durchsuchte sie die Taschen der Lederjacke. „Ein I-Phone, man geht mit der Zeit. Und da ist ja auch die Brieftasche. Bingo, ein Personalausweis, ausgestellt in Linz, ein Österreicher. Sieh mal das Foto, kommt der dir nicht bekannt vor, Karlchen?"

„Klar doch, der stand an der Theke der Morgensonne." Berger nickte zustimmend. „So sieht man sich wieder. Das hätte der sich sicher auch anders vorgestellt."

„Ich kann hier keine Patronenhülse sehen. Entweder hat der Täter die aufgesammelt, oder es wurde ein Revolver benutzt", referierte Ulla Stein. „Aber das wird sich alles noch herausstellen."

Mittlerweile war das Team der Spurensicherung eingetroffen. „Fahrt mal eure Autos da weg, Kollegen, damit wir mit unserem Equipment an den Toten herankommen! Ich hätte nicht gedacht, Sie so bald wieder zu sehen, Frau Stein. Wie ich sehe, halten sie eine Brieftasche in der Hand. Ich nehme an, die ist von dem Toten. Lernt man nicht bereits auf der Polizeischule, die Leichen nicht zu berühren, bevor nicht alle Spuren gesichert sind? Konnten Sie es wieder mal nicht abwarten?"

„Ich habe aufgepasst," verteidigte sich Ulla halbherzig.

„Lassen Sie es gut sein, Frau Stein. Frauen und Geduld, ein Widerspruch in sich."

Zwischenzeitlich waren auch der Arzt und Leyendecker eingetroffen. Leyendecker trug ausnahmsweise seine ungeliebte Uniform. „Ich komme gerade von einer Arbeitsgruppe. Wie so oft ging es wieder mal um das Thema Prevention. Wie das meistens so ist, brotlose Kunst, aber das sagt natürlich niemand laut. In einem Monat geht´s weiter. Aber das hier ist wichtiger. Erzähl mal!"

„Du siehst ja. Ein Mitglied der Apokalyptischen Biker. Ich kenne ihn übrigens, habe ihn in der Morgensonne getroffen. Sieht aus wie eine Hinrichtung, Genickschuss. Keine Anzeichen eines Kampfes. Wie es scheint, wurde er überrascht. Was hat der wohl hier gewollt? Auffällig ist, dass die Satteltaschen offen stehen. Vielleicht ein Raubüberfall, ein Drogengeschäft. Aber das sind im Moment nur Mutmaßungen."

„Hier ist alles offen und gut einsehbar, da kann sich wohl niemand so einfach anschleichen. Vermutlich kannte er seinen Mörder."

„Oder der hat sich hinter dem Denkmal versteckt."

„Woher wusste der denn, dass er den Biker hier trifft. Die einzige plausible Erklärung ist, dass die hier verabredet waren. Spricht für ein illegales Geschäft. Aber am helllichten Tag? Hier an der stark befahrenen B8? Schon seltsam. Gibt es Zeugen?"

„Schaust du in jeden Feldweg, wenn du eine Bundesstraße befährst? So gut einsehbar ist das nun auch wieder nicht. Nach Zeugen habe ich noch gar nicht gefragt." Ulla winkte Berger herbei. „Wer hat den Toten gefunden?"

Karlchen deutete auf zwei Männer in Trikot und Radlerhosen. „Diese beiden Radfahrer. Sie wollten eine kurze Pause einlegen. Kamen von Höchstenbach. Ist ja eine ganz schöne Steigung. Wenn ich mir vorstelle, ich sollte mit dem Fahrrad …"

Leyendecker lachte. „Mach dir keine Sorgen. Das verlangt keiner von dir. Ist denen irgendwas aufgefallen?"

„Die haben nichts gesehen. Ich habe die Personalien aufgenommen, falls wir noch irgendwelche Fragen haben sollten."

„In Ordnung. Dann können die beiden jetzt gehen. Sie sollen aber bitte morgen auf die Dienststelle kommen, damit wir die Aussage protokollieren können."

Der Arzt war inzwischen mit seiner vorläufigen Untersuchung fertig. „Der Tod ist vor circa zwei bis drei Stunden eingetreten. So wie es aussieht, hat man die Waffe unterhalb des Helms aufgesetzt und schräg nach oben in den Kopf geschossen. Ich glaube nicht, dass der noch etwas gespürt hat. Ich schätze mal, ein mittleres Kaliber. Wir werden die Kugel sicher finden. Es ist nämlich keine Austrittswunde zu sehen, oder falls doch, ist die Kugel innerhalb des Helms."

„Lassen wir die Spusi in Ruhe ihre Arbeit machen, ich telefoniere später mit dem Leiter", sagte Ulla, „jetzt möchte ich erst mit den Herren der Morgensonne reden."

„Da komme ich mit. Ich bin schon gespannt auf deren Boss."

Es lief irgendwas von Iron Maiden. Weder Ulla noch Leyendecker kannten den Titel. Der Schankraum war kaum besucht. Es war ja auch noch früher Nachmittag.

Der Chef der Rocker saß jedoch am gleichen Tisch wie beim letzten Besuch Ullas. Er erhob sich, als die beiden Polizeibeamten eintraten, während der Rottweiler müde blinzelnd liegen blieb. „Hallo Frau Stein", begrüßte er zunächst Ulla. „Wie Sie sehen, haben wir das Foto des Jungen aufgehängt." Während er das sagte, deutete er auf eine Pinnwand hinter der Theke. „Aber keiner von uns hat ihn gesehen. Zumindest hat sich niemand gemeldet. Ich hätte Ihnen auch sonst Nachricht gegeben. Wir sind der Polizei immer wieder gerne behilflich. Wie ich sehe, haben Sie uns Ihren Chef mitgebracht. Willkommen Herr Leyendecker. Was haben wir verbrochen, dass uns der Leiter der örtlichen Polizei persönlich aufsucht?"

Irgendetwas ging von Ludo Behrmann aus. Leyendecker konnte das nicht näher verifizieren. Am ehesten war das wohl vergleichbar mit der Selbstsicherheit, die Topmanager oder auch manche Politiker ausstrahlten. Leyendecker, der weit davon entfernt war, unter mangelndem Selbstbewusstsein zu leiden, spürte, dass er es mit einem ebenbürtigen Gegenüber zu tun hatte. Ob sie nun Verbündete oder Gegner waren, vermochte er in diesem Moment nicht zu sagen. „Wir kommen nicht wegen des Toten von Atzelgift. Was können Sie uns über Gernot Gruber sagen?"

Behrmann verhehlte sein Erstaunen nicht und Leyendecker glaubte, dass das nicht gespielt war. „Der Ösi? So nennen ihn hier alle. Was ist mit ihm? Hat er irgendwas ausgefressen?"

„Bitte beantworten Sie doch zunächst meine Frage", beharrte Leyendecker.

„Na gut, wie Sie wollen. Also Ösi, Herr Gruber, kam vor ein paar Monaten zu uns. Bis dahin hatte er in Linz gewohnt, leitete einen größeren Supermarkt. Verheiratet, schicke Eigentumswohnung mit Blick auf die Donau. Aber dann ist sein Leben, ich glaube das kann man so sagen, aus den Fugen geraten. Scheidung, daraus resultierend Probleme im Job. Jedenfalls kam er in ziemlich desolatem Zustand hier an. Ich glaube, die Harley war alles, was die Anwältin seiner Frau ihm gelassen hat. Wir haben ihm zunächst ein Zimmer hier im Haus gegeben. Er hat sich dann auch ganz gut eingelebt und arbeitet inzwischen bei unserem Sicherheitsdienst. Aber sagen Sie doch bitte, was ist denn nun mit ihm?"

Leyendecker zögerte. „Um es geradeheraus zu sagen, Herr Gruber ist tot. Er wurde erschossen. Es sieht fast aus wie eine Hinrichtung. Können Sie sich das irgendwie erklären?"

„Mein Gott, er wurde erschossen! Ich muss mich erst einmal setzen. Nehmen Sie beide doch bitte auch Platz." Behrmann schwieg eine halbe Minute. „Ob ich eine Erklärung dafür habe? Natürlich nicht, ich habe keine Vorstellung, wer ihm so etwas antun könnte. Gruber war eher ein ruhiger Vertreter, der kaum irgendwo aneckte. Deshalb war er auch so wichtig für uns. Er leitete den Sicherheitsdienst in der Koblenzer Disco Golden Flash. Vielleicht haben Sie davon gehört. Die wurde im Industriegebiet in einer ehemaligen Fabrik eingerichtet. Donnerstag bis Sonntag hat er dort Dienst. Die meisten Streitereien konnte er durch seine besonnene Art unterbinden. Falls nötig, griff er allerdings auch mal hart durch. Aber in diesem Umfeld sehe ich kein Motiv. Vielleicht aus früherer Zeit. Er ist ja auch noch nicht lange bei uns. Wie ich schon sagte, ich habe keine Erklärung."

„Was ist mit Drogen?", fragte Ulla, „könnte es da eine Verbindung geben?"

Behrmann schüttelte energisch den Kopf. „Auf keinen Fall, dafür lege ich meine Hand ins Feuer. Sicher raucht der eine oder andere von uns hier und da mal einen Joint, ich glaube das ist bei der Polizei auch nicht anders, aber mehr nicht. Ich bin überzeugt, die Obduktion wird zeigen, dass er clean ist."

„Gibt es andere Personen, die uns vielleicht mehr sagen können?", hörte Leyendecker nach. „Hatte er eine Freundin?"

„Ich weiß es nicht, gesagt hat er jedenfalls nichts. Wie bereits erwähnt, war er eher ein ruhiger Typ."

„Na gut, lassen Sie sich das alles noch mal in Ruhe durch den Kopf gehen. Das ist sicher alles etwas viel im Moment. Wohnt er noch hier?"

„Ja, er wollte sich bald etwas Neues suchen."

„Können wir das Zimmer sehen?"

„Kein Problem. Wissen Sie, das hier ist noch immer wie ein Hotel. Die meisten deponieren den Zimmerschlüssel hinter der der Theke. Ich hole ihn."

Das Zimmer war kärglich eingerichtet. Möbel aus den Siebzigern, damals schon billig. Ein Schrank, ein Bett, ein Tisch, zwei Stühle. Leyendecker öffnete den Schrank. Mehr als einige Kleidungsstücke förderte die Untersuchung nicht zutage. Zwei elegante Anzüge erinnerten daran, dass Gruber einmal bessere Zeiten gesehen hatte. Auf dem Tisch stand neben einer Kaffeetasse und ein paar Blatt Papier ein Laptop. Ob die hier wohl Internetanschluss hatten? „Luxuriös hat der ja nicht gerade gelebt. Wirkt alles ganz schön unpersönlich. Mit Sicherheit wollte er sich hier nicht dauerhaft einrichten."

Ulla schaltete den Computer an. „Wie nicht anders zu erwarten, passwortgeschützt."

„Versuch mal Apokalyptische Biker", schlug Leyendecker vor.

„Kein Zugang."

„Wie wäre es mit Harley?"

„Passt wieder nicht."

„Schreib es mal klein."

„Woher wusstest du?"

Leyendecker lachte. „Zufall, der Herr ist mit den Doofen. Auf den ersten Blick interessante Dateien? Kannst du irgendetwas sehen, das uns weiterbringen kann?"

„Auf den ersten Blick nicht. Das müssen sich die Spezialisten mal genauer ansehen."

„Irgendwelche Bilder?"

„Fast nur Leute mit Motorrädern. Aber hier, sieh mal, ein paar Bilder mit einer jungen Frau." Die Bilder zeigten Gruber lachend mit einer dunkelhaarigen Frau. Sie war etwa dreißig Jahre alt..

„Sehen aus wie Selfies", stellte Leyendecker fest. „Eine hübsche Frau. Vielleicht seine Ex."

„Das glaube ich nicht" widersprach Ulla. „Sieh mal. Die Bilder wurden vor circa drei Wochen gespeichert. Das wird kaum seine Ehefrau sein."

„Das hast du sicher recht. Sieht aus, als habe er doch eine Freundin gehabt. Wir müssen sie finden. Das kann ja wohl nicht allzu schwer sein."

„Wir nehmen den Computer mit. Ansonsten scheint hier ja nicht viel zu holen zu sein. Lass uns zurück zur Dienststelle fahren. Vielleicht gibt es ja schon Neuigkeiten von der Spurensicherung."

Ludo verabschiedete sie an der Haustür. „Ich wünsche Ihnen, dass Sie den Mörder von Ösi finden. Sie erhalten von uns dafür jegliche Unterstützung. Aber finden Sie ihn bald. Sonst finden wir ihn."

„Leyendecker drehte sich noch mal um. „Sie wissen schon, dass Selbstjustiz in diesem Land verboten ist. Wenn Sie uns bei unseren Ermittlungen in die Quere kommen, bekommen Sie ernsthafte Schwierigkeiten."

Ludo lächelte nur. „Auf Wiedersehen Frau Stein, Herr Leyendecker."

„Das war ja nun wenig ergiebig", stellte Leyendecker nach Rückkehr ins Büro fest. „Lass uns in Ruhe einen Kaffe trinken und den Fall einmal durchgehen."

„Glaubst du, dass die beiden Fälle zusammenhängen?", wollte Ulla wissen.

„Wer kann das schon sagen. Wir sollten uns da noch nicht festlegen. Vorläufig müssen wir von beiden Varianten ausgehen. Konzentrieren wir uns zunächst einmal auf den toten Biker. Ein seltsamer Ort, jemanden umzubringen, und das am helllichten Tag."

„Du hast recht," bestätigte Ulla. „Mörder und Opfer können sich da unmöglich zufällig getroffen haben."

„Also ein Treffen, eine Verabredung. Das spricht für die These, dass sich Mörder und Opfer kannten."

„Muss wohl so sein. Eine andere Erklärung habe ich auch nicht. Zumindest müssen sie vorher Kontakt gehabt haben. Wie und in welcher Form, wissen wir natürlich nicht. Und einem der beiden Beteiligten, oder beiden, muss daran gelegen gewesen sein, dass die Stelle relativ gut erreichbar ist, beispielsweise mit einem Motorrad."

„Ich fantasiere einmal. Lach nicht, ich weiß selbst, dass das Blödsinn ist", sinnierte Leyendecker. „Wenn ich jetzt von den Krimis im Fernsehen ausginge, würde ich sagen, da war noch ein Dritter, der alles aus der Ferne beobachtet. Bei diesen Rauschgiftgeschäften gibt es doch häufig einen, der das Ganze mit einem Gewehr mit Zielfernrohr aus einer gewissen Entfernung absichert, oder auch bei der Übergabe eine der Parteien abschießt."

„Gute Idee", lachte Ulla, „du solltest Drehbücher schreiben, „aber im Ernst, Gruber wurde aus nächster Nähe erschossen, und ich glaube auch nicht, dass es um Rauschgift ging. Nach der Obduktion wissen wir sicher mehr."

„Dann wissen wir nur, ob er selbst Rauschgift genommen hat. Das sagt uns nicht, ob er mit dem Zeug handelte."

„Das ist sicher richtig und es wäre voreilig, diese Möglichkeit jetzt schon auszuschließen. Karlchen ist ja mit seiner Truppe im Dorf unterwegs. Vielleicht hat ja doch jemand was gesehen oder gehört, zumindest den Schuss."

„Warten wir es ab. Möglicherweise haben wir ja Glück. Sicher haben einige Leute den Schuss gehört. Vielleicht war jemand auf dem nahegelegenen Friedhof, und irgendwelche Arbeiten finden doch immer an einem der vielen Windräder statt. Die sind ja nicht weit entfernt. Aber es ist Anfang Mai. Die Jagd ist in vollem Gange, da misst man einem Schuss keine weitere

Bedeutung zu. Apropos Jagd, Stichwort Maibock. Wir haben schon länger kein Wild mehr gegessen. Ob wir nicht wieder mal nach Limbach …"

„Musst du immer ans Essen denken, aber warum nicht. Ein anderer Vorschlag wäre, du holst beim Forstamt eine schöne Rehkeule. Frau Hein würde die uns mit Freuden Sonntag zubereiten. Sieh mal im Postfach nach. Vielleicht hat die Spurensicherung ja schon einen vorläufigen Bericht geschickt," schlug Ulla vor.

„Da ist tatsächlich was. Die waren ja schnell. Ist zwar alles nur vorläufig, aber immerhin. Bei Gelegenheit sollten wir uns einmal für die prompte Arbeit bedanken. Was haben wir denn da? Ah ja."

„Was heißt hier ah ja. Sag schon! Spann mich nicht unnötig auf die Folter."

„Immer langsam. Ich muss das ja erst selbst lesen. Aber warte, ich mache dir einen Ausdruck. Lass uns den Bericht zunächst einmal in Ruhe durchlesen."

„Du hast ja recht", stimmte Ulla zu. „Auf die fünf Minuten kommt es doch nun wirklich nicht an."

Leyendecker löste seinen Blick vom Bildschirm. „Fassen wir zusammen. Da waren also Spuren von einem Geländewagen oder einem SUV. Noch nicht allzu alt. Was wollte denn so ein Wagen dort? Eigentlich hat der doch da nichts verloren."

„Richtig", Ulla nickte zustimmend. „Aber eins ist seltsam ..."

„Ich weiß, was du meinst, ist mir auch aufgefallen", unterbrach Leyendecker sie. „Die Spuren des Motorrades liegen über den Spuren des Autos. Das bedeutet doch wohl, dass der Geländewagen bereits fort war, als der Motorradfahrer ankam. Denn das Motorrad lag ja noch da und der Geländewagen kann ja nicht weggeflogen sein."

„Und was sagt uns das?" fragte Ulla. „Es könnte bedeuten, dass der Geländewagen nichts mit dem Mord zu tun hat."

„So scheint es", bestätigte Leyendecker, „trotzdem bleibt die Frage, was der da wollte. Irgendeinen Grund muss es doch geben."

„Das werden wir jetzt nicht aufklären können. Gehen wir mal von der Hypothese aus, dass die Spuren nichts mit unserem Mord zu tun haben. Was bedeutet das dann? Dann ist der Mörder wohl zu Fuß gekommen."

„Möglich, auf dem Weg waren keine frischen Spuren zu finden. Was allerdings nichts heißen will. Unser Mörder kann ja über das Gras gegangen sein. Um das Denkmal herum hat man einige Spuren sichergestellt. Wenn wir die passenden Schuhe finden ..."

„Selbst dann müssen die nicht vom Mörder sein", gab Ulla zu bedenken. „Können wir davon ausgehen, dass Gruber auf seinen Mörder gewartet hat?"

„Nicht unbedingt. Der Mörder kann ja auch vorher da gewesen sein", widersprach Leyendecker. „Allerdings glaube ich, dass die zwei verabredet waren, oder sie sind sogar gemeinsam gekommen. Ein zufälliges Zusammentreffen ist doch sehr unwahrscheinlich."

„Wobei wir wieder bei der ursprünglichen These wären, dass da ein illegales Geschäft abgewickelt werden sollte."

„Ich glaube, wir müssen das zunächst so stehen lassen. Kommen wir jetzt zum Handy des Toten. Die konnten das Adressbuch und die letzten Gespräche aufrufen. Da sind verschiedene Firmen, alle mit AB, also wohl von den Apokalyptischen Bikern, die Disco in Koblenz, auch logisch, aber das ist auffällig. Sehr häufig hat er einen Festnetzanschluss angerufen, der einem Ehepaar Frank und Silke Bertram gehört und die wohnen, oh Wunder, in Atzelgift."

„Das könnte doch eine mögliche Verbindung zu unserem anderen Fall sein." Ulla Stein wurde hellhörig.

„Schon möglich", bestätigte Leyendecker. „Das kann aber auch eine ganz normale Erklärung haben. Die wohnen im Elsterweg. Ich sehe gerade mal nach, wo der Elsterweg genau liegt. Da ist er ja. In unmittelbarer Nähe des Grillplatzes. An soviel Zufall kann ich einfach nicht glauben."

„Ich auch nicht. Wir sollten dem Ehepaar Bertram einmal gründlich auf den Zahn fühlen."

„Mach du das", schlug Leyendecker vor, „und nimm unseren Anwärter mit. Ich muss mich leider noch um andere Sachen kümmern."

„Bin schon unterwegs."

Kapitel 7

Sie hielten vor dem Einfamilienhaus Elsterweg 7 in Atzelgift. Das Haus schien ziemlich neu zu sein, allerhöchstens zehn Jahre alt. Alles war penibel ordentlich und gepflegt. Der Rasen war zu dieser frühen Jahreszeit sicher schon mehrfach geschnitten worden. Die dunkle grüne Farbe deutete darauf, dass hier auch nicht mit Dünger gespart worden war. Ein Wassersprenger lief. Ulla lächelte vor sich hin. Ein Idyll, wie es schien. Für ihren Geschmack wohl etwas zu ordentlich, aber sie hatte durch ihre Arbeit häufig erfahren, dass es hinter den Türen sehr oft mit der scheinbaren Ordnung und Idylle vorbei war. Sie drückte auf den goldenen Klingelknopf.

Ein schlanker Mittvierziger mit kurz geschorenen Haaren und einer rahmenlosen Brille öffnete. Er trug ein weißes Hemd, eine graue Weste und eine beige Leinenhose. „Ja?", fragte er kurz angebunden.

Ulla stellte sich und Schneider als Polizeibeamte vor. „Herr Bertram, Sie sind doch Herr Bertram?"

„Ja, und?", erwiderte der wortkarg.

„Wir hätten Sie gerne gesprochen. Dürfen wir reinkommen?"

„Wofür?", war die mürrische Antwort.

„Also gut, dann nicht", resignierte sie. „Kennen Sie einen Gernot Gruber?"

„Wer soll das sein?" Der Mann behielt seine mürrische Art bei.

„Bitte beantworten Sie meine Frage!" Ulla verlor langsam die Geduld.

„Kenne ich nicht, nie gehört. Wer soll das sein?"

„Er hat mehrfach mit Ihnen telefoniert."

„Mit mir nicht. Überwachen Sie unsere Telefongespräche? Ich denke dafür braucht man einen richterlichen Beschluss. Aber in diesem Staat wundert mich gar nichts mehr."

„Das geht aus den gespeicherten Daten seines Handys hervor."

Der Stinkstiefel drehte sich kurz um. „Silke!", rief er gebieterisch. „Kommst du mal?"

Kurz darauf erschien eine dunkelhaarige Frau, Anfang dreißig, die sich ihre Hände an einer weißen Küchenschürze abwischte. „Was gibt es denn, Frank?"

Ulla erkannte die Frau sofort wieder, hatte sie ihr Foto doch erst heute am Computer des Mordopfers gesehen.

„Die sind von der Polizei", führte Bertram aus. „Kennst du einen Gernot Gruber?"

Ulla sah, wie Silke Bertram blass wurde. „Ich glaube nicht, erwiderte sie stockend. „Wer soll das sein?"

„Ein Motorradfahrer, er stammt aus Österreich."

Frau Bertrams Gesicht erhellte sich. „Ach der, da war mal einer, das könnte der gewesen sein. Wir haben doch diese kleine Einliegerwohnung. Er hat gefragt, ob er die mieten könnte. Ich habe Nein gesagt. Wir wollen doch keine Fremden im Haus und schon gar keine Rocker in schwarzer Lederkleidung. Das habe ich dir doch erzählt, Schatz."

„Hast du nicht!", widersprach Bertram vehement. „Da haben Sie Ihre Erklärung. Reicht das jetzt?", fragte er patzig. „Dann lassen Sie uns jetzt in Ruhe!"

„Dürfte ich vielleicht mal Ihre Toilette …?", fragte Frank Schneider zaghaft.

„Wenn es denn unbedingt sein muss", knurrte Bertram. „Kommen Sie mit, ich zeige Ihnen wo."

Silke Bertram lächelte verlegen.

„Hören Sie, Frau Bertram", erklärte Ulla. „Ich weiß, dass Sie nicht die Wahrheit sagen. Ich erwarte Sie morgen auf der Wache, spätestens um zehn. Haben wir uns verstanden?"

Die Antwort war ein wortloses Nicken.

„Was ist das doch für ein widerlicher Kotzbrocken", stellte Schneider fest, als sie wieder in Ullas Mini saßen.

„Allerdings", bestätigte Ulla. „Das war eine gute Idee von Ihnen, Herr Schneider, den Bertram wegzulocken, damit ich ungestört kurz mit der Frau reden konnte, gute Arbeit, aus Ihnen wird noch was."

Auch Pathologen und Ballistiker hatten schnell gearbeitet. Ulla fand den vorläufigen Bericht am nächsten Morgen in ihrem Postfach. Man hatte die Kugel sichergestellt. „Sieh mal, Christoph, die Tatwaffe war eine Mauser P 08."

„Du meine Güte", staunte Leyendecker. „Die gute, alte Null Acht. Die Waffe der deutschen Wehrmacht. Die gab es wie Sand am Meer."

„Das bringt uns also nicht weiter?", erkundigte Ulla sich.

„Wie man es nimmt", lachte Leyendecker. „Wir müssen nur erforschen, welcher Verdächtige in seiner Ahnenreihe einen Wehrmachtsoffizier hatte."

„Meinst du nicht, die Waffe ist registriert?", fragte Ulla.

Leyendecker verneinte. „Dann hätte man sie wohl kaum für das Verbrechen benutzt. Von diesem Typ liegen sicher noch Tausende in irgendeiner Schublade rum. Die ist nach wie vor recht zuverlässig und genügend Munition gibt es auch noch. Ich habe als Kind auch einmal mit einer solchen Waffe geschossen. Unser Nachbar hatte so eine und ich wette, die ist auch nicht registriert. Sicher werden die Ballistiker das Geschoss vergleichen, und natürlich muss jede registrierte Waffe dieses Typs verglichen werden, aber ich habe da wenig Hoffnung."

„Also wieder mal eine Sackgasse", bedauerte Ulla.

„Nicht so ganz", widersprach er. „Ich glaube, wir können einen Profi ausschließen. Der wird sicher nicht eine so altertümliche Waffe benutzen."

„Also ein Amateur. Damit können wir uns von der Theorie der Rauschgiftübergabe wohl verabschieden."

„Höchstwahrscheinlich ja", bestätigte er. „Sag mal, du hast mir doch erzählt, du hättest Silke Bertram für heute Vormittag aufs Revier bestellt? Müsste die nicht bald hier auftauchen?"

„Du hast recht, ich war überzeugt, dass die spätestens um acht Uhr hier vor uns sitzt. Komisch ist das schon."

„Und jetzt?", fragte er, „willst du sie nicht anrufen? Oder sollen wir sie mit einem Streifenwagen abholen lassen?"

„Ich glaube nicht. Es ist wohl besser, wenn ich selbst dahin fahre."

„Wie du willst. Nimm den Schneider mit!"

Nichts rührte sich auf ihr Klingeln. Ulla klopfte an die Scheibe der Haustür. „Frau Bertram, Stein von der Polizei, öffnen Sie bitte!", rief sie.

Nach einiger Zeit hörten sie schlurfende Schritte. Die Haustür öffnete sich einen Spaltbreit. „Mir geht es nicht gut, Frau Stein, ich konnte nicht kommen."

„Lassen Sie uns bitte rein!" Ohne eine Antwort abzuwarten, drängte Ulla Stein durch die Tür.

Silke Bertram trug eine große, dunkle Sonnenbrille und hatte ein weißes Handtuch um den Kopf geschlungen. Handtuch und Sonnenbrille verbargen die zahlreichen Hämatome nur unzureichend.

Sie folgten der Frau durch den hellen Flur in das moderne Wohnzimmer. Frau Bertram deutete wortlos auf die karminrote Couch. Trotz des Zustandes, in dem sich die Hausherrin augenscheinlich befand, war alles picobello sauber und ordentlich.

„Was ist passiert?", erkundigte sich Ulla. „Brauchen Sie einen Arzt?"

Frau Bertram winkte ab. „Nicht nötig. Ich bin auf der Kellertreppe gestürzt", nuschelte sie.

„Sie, Herr Schneider und ich, wissen genau, dass das nicht die Wahrheit ist. Das war ihr Mann und er wird nicht einfach so davonkommen. Außerdem bestehe ich darauf, dass ein Arzt sich die Verletzungen ansieht. Ich fahre Sie nachher ins Krankenhaus. Aber zunächst zu Gernot Gruber. Wir wissen, dass Sie ihn näher kennen. Ich habe Bilder von Ihnen beiden gesehen. Vielleicht erzählen Sie von Anfang an. Wie haben Sie ihn kennengelernt?"

Man konnte sehen, wie Silke Bertram mit sich kämpfte. Schließlich entschloss sie sich, doch zu antworten. „Also gut. Ich war zum Frühstück in Hachenburg in diesem Café in der Graf Heinrich Straße. Plötzlich war er da und fragte, ob er sich zu mir setzen könne. Erst war mir das ja gar nicht recht. Normalerweise habe ich es nicht so mit Motorradfahrern in Lederkleidung. Als wir uns dann unterhalten haben, fand ich ihn doch ganz sympathisch. Was soll ich sagen, wir haben uns dann erneut verabredet und so hat sich dann alles entwickelt."

Da die junge Frau nicht weiter sprach, hakte Ulla nach: „Verstehe, Sie haben sich dann regelmäßig mit ihm getroffen."

Silke Bertram nickte leicht mit dem Kopf.

„Wo war das?", erkundigte sich die Hauptkommissarin. „In seinem Zimmerchen in der Morgensonne waren Sie ja wohl kaum."

„Wir haben uns hier getroffen", erwiderte sie zögerlich. „Mein Mann ist Pharmavertreter und da ist er viel unterwegs. Er übernachtet dann im Hotel. Aber was interessiert die Polizei das alles? Warum all diese Fragen?"

„Ich muss Ihnen eine bedauerliche Mitteilung machen. Gernot Gruber ist tot. Er wurde ermordet."

„Mein Gott! Das kann doch nicht sein! Wer tut denn so was? Der Gernot war ein Mensch, der keiner Fliege etwas zuleide tun konnte, auch wenn die Lederkluft und die Harley vielleicht einen anderen Schluss zulassen."

„Das wissen wir nicht. Glauben Sie, dass Ihr Mann etwas von Ihrem Verhältnis geahnt hat?"

„Auf keinen Fall", widersprach sie vehement. „Mein Mann ist krankhaft eifersüchtig. Das hätte er nicht verbergen können. Erst durch

Ihren Besuch ist ihm der Verdacht gekommen, und Sie sehen ja selbst …"

„Das tut mir natürlich leid, aber wir konnten ja nicht ahnen …"

Silke Bertram rang nach Worten, doch dann war es um den letzten Rest ihrer Fassung geschehen. Ein kläglicher Laut war zu hören. Dann begann sie, hemmungslos zu weinen. Wie ein Sturzbach rannen die Tränen die geschundenen Wangen hinab. Mark Schneider fühlte sich sichtlich unwohl. Hilflos schaute er von der weinenden Frau und seiner Vorgesetzten hin und her. Er war solche Situationen nicht gewohnt. Irgendwie sah er sich genötigt, etwas zu unternehmen. Also lief er in die Küche und kam mit einem Glas Wasser und einer Rolle Küchenpapier zurück. Unbeholfen versuchte er beides der Weinenden in die Hände zu drücken, was jedoch wenig Erfolg hatte.

Ulla wusste, dass so ein Gefühlsausbruch meist eine befreiende Wirkung hat, die dann auch nach einer gewissen Zeit eintrat, sodass sie den Eindruck hatte, dass das Gespräch fortgesetzt werden konnte. „Sie wollten ihre Beziehung zu Gruber doch sicher geheim halten. Da war es doch wohl sehr auffällig, wenn ein Motorradfahrer mit einer so schweren Maschine in der Kutte der Apokalyptischen Biker bei Ihnen ein und aus geht."

„Natürlich hat er nicht vor unserem Haus gehalten, sondern oben am Grillplatz. Außerdem trug er immer zivil, wenn er mich besuchte. Den Helm hatte er dann an der Harley befestigt."

Der Zusammenhang der beiden Fälle wurde immer augenfälliger. Welcher Art die Verbindung allerdings war, erschloss sich Ulla Stein aber nicht. „Sie wissen ja, dass dort am Grillplatz ein Toter gefunden wurde. War Gruber an dem Abend vorher auch bei Ihnen?"

„Er war meistens hier, wenn mein Mann abends nicht nach Hause kam und Gernot keinen Dienst in der Diskothek hatte. Das war ein solcher Abend. Ja, er war hier."

„Wann ist er gegangen?"

„So genau kann ich das gar nicht sagen, aber er ging immer circa um Mitternacht. Das war an diesem Abend auch nicht anders."

Ulla erhob sich und nickte Frau Bertram aufmunternd zu. „So, das war es fürs Erste. Ich bringe Sie jetzt ins Krankenhaus. Das muss sich ein Arzt ansehen. Natürlich müssen wir auf dem Revier noch eine Zeugenaussage aufnehmen. Außerdem müssen wir noch darüber reden, wie wir mit Ihrem Mann weiter verfahren."

Ulla parkte den Mini auf dem Parkplatz des DRK-Krankenhauses in Hachenburg. Wie immer ärgerte sie sich, dass sie an der Schranke ein Parkbillett ziehen musste, denn sie war immer noch der Auffassung, das Parken müsste bei Krankenhäusern kostenlos sein. Aber das war wohl nur eine Illusion.

Als sie das Krankenhaus betraten, stellten sie fest, dass die Notaufnahme, wie fast immer, hoffnungslos überfüllt war. Ulla meldete Silke Bertram bei der Schwester an. Zum Glück hatte die ihre Versichertenkarte dabei, sonst hätten sie wohl unverrichteter Dinge davonfahren müssen. Sie schärfte der Schwester ein, dass eine eingehende Untersuchung mit einer ausführlichen Dokumentation erfolgen müsse, hatte jedoch den Eindruck, dass die Schwester ihr gar nicht richtig zuhörte, was beim dem Stress, der hier vorherrschte, wohl auch kein Wunder war.

Eingehend instruierte sie Silke Bertram, sich nach der Untersuchung sofort unter der 110 zu melden. Ein Wagen würde sie dann abholen. Allerdings hatte sie ein etwas mulmiges Gefühl, aber das Personal der Polizei war nun einmal beschränkt und es war kaum möglich, ihr einen Beamten oder eine Beamtin zu Seite zu stellen.

Natürlich hatte sich das erneute Tötungsdelikt, so war die offizielle Lesart, Mord stellten erst die Gerichte fest, herumgesprochen. Die überregionale Presse war aufmerksam geworden und Leyendeckers Telefon klingelte ununterbrochen. Auch die ehemalige Mitarbeiterin der Heimatzeitung hatte sich gemeldet, und ihn gefragt, ob er ihr nicht, quasi in alter Verbundenheit, gewisse Informationen geben könne. Natürlich hatte Leyendecker das abgelehnt, war sich jedoch sicher, dass die Presse durchaus hilfreich sein konnte, denn nach wie vor lag die Identität des jungen Mannes vom Grillplatz völlig im Dunkeln. Eigentlich wäre es sinnvoll, eine Pressekonferenz abzuhalten, aber er hasste Veranstaltungen dieser Art nun mal. Er machte sich daran, einige Bilder und Informationen der beiden Fälle zusammenzustellen, um die den interessierten Presseorganen zugänglich zu machen. Wobei er einiges zurückhielt, was sich später als Täterwissen herausstellen könnte. Natürlich wartete er mit der Weitergabe, bis er dies mit Ulla abgesprochen hatte.

Als Ulla kam, war die dann auch einerverstanden. Selbstverständlich blieb das, was Ulla am heutigen Morgen erfahren hatte, unerwähnt.

Das Mittagessen nahmen sie dann im Hotel zur Krone ein. Die Hachenburger behaupteten immer, dies sei das älteste steinerne Gasthaus Deutschlands. Das Hotel war nach gründlicher Renovierung wieder eröffnet worden. Leyendecker erinnerte sich, dass hier sein erster Mordfall in Hachenburg seinen Ursprung genommen hatte. Ulla nahm nur einen gemischten Salat, obwohl sie aufgrund ihrer Gene keine Rücksicht auf ihre Figur zu nehmen brauchte. Leyendecker, der schon vorsichtiger hätte sein müssen, zog das Pilzrahmschnitzel mit Pommes vor. Den kleinen Salat, der dazu gereicht wurde, überließ er seiner Kollegin.

Als sie zurückkamen, war zu Ullas Erleichterung Silke Bertram schon da. Die Verletzungen hatten sich als schwerwiegend, aber nicht weiter gefährlich herausgestellt.

Sie scheute sich zunächst, gegen ihren Mann Anzeige zu erstatten, aber es gelang Ulla schließlich doch, sie zu überzeugen. Frau Bertram war nicht bereit, ins Frauenhaus zu gehen oder ein Hotelzimmer zu nehmen, schließlich war das schmucke Einfamilienhaus in Atzelgift ja auch ihr Eigentum. Da Bertram wohl spätestens am Abend zurückkam und es nahe lag, dass er wieder gewalttätig wurde, entschloss sich Ulla, dem Ehemann das Betreten des gemeinsamen Hauses zu untersagen. Eine Möglichkeit, die vom Gesetzgeber vor einigen Jahren eingeführt worden war, von der allerdings bisher nicht so häufig Gebrauch gemacht wurde.

Ulla diktierte eine entsprechende Verfügung, in der Bertram auch untersagt wurde, sich seiner Ehefrau auf weniger als zweihundert Meter zu nähern. Ein Tischler, mit dem die Polizei häufiger zusammenarbeitete, war bereit, die Eingangsschlösser des Wohnhauses sofort auszutauschen.

Silke Bertram kochte Kaffee. Ihre Hände zitterten, als sie die beiden Tassen vor Ulla Stein und Mark Schneider stellte.

Ulla hatte sie gebeten, eine Tasche mit dem Nötigsten für ihren Ehemann zusammenzustellen. Natürlich wollte man die Frau nicht allein lassen, wenn ihr Ehemann nach Hause kam.

Schließlich sahen sie den Wagen von Frank Bertram vorfahren, einen Mercedes der E-Klasse, sandfarben. Kurz darauf hörten sie, wie der Schlüssel in das Schloss der Haustür geschoben wurde. Gleich darauf folgte ein Klopfen, das sich zu einem heftigen Poltern steigerte.

Bertram starrte Ulla entgeistert an, als sie ihm die Tür öffnete. „Was ist hier los? Was machen sie in meinem Haus? Wo ist meine Frau?"

Es erschien Ulla nicht opportun, lange um den heißen Brei herumzureden. „Sie haben ihre Frau geschlagen und werden sich zu gegebener Zeit wegen Körperverletzung verantworten müssen. Damit Ihre Frau vor Ihnen geschützt ist, untersage ich Ihnen den Zutritt zu diesem Haus. Außerdem ist Ihnen verboten, sich Ihrer Frau näher als zweihundert Meter zu nähern. Ich habe die entsprechende Verfügung hier."

Der Angriff geschah unvermittelt. „Du blöde Kuh!", schrie Bertram. „Ich lasse mir von dir nicht verbieten, mein eigenes Haus zu betreten!"

Ulla konnte dem Schlag des Wütenden nur teilweise ausweichen. Die Faust streifte sie an der Schläfe und ließ sie zurücktaumeln. Wie ein Berserker sprang er sie an und beide stürzten in den Flur. Das Gewicht des Angreifers nahm ihr kurzzeitig den Atem. Gleich darauf spürte sie die beiden Hände an ihrem Hals. Wie aus weiter Ferne nahm sie das panische Schreien Silke Bertrams war. Es gelang ihr, das Knie anzuwinkeln, was ein schmerzhaftes Stöhnen zur Folge hatte.

Mit letzter Kraft rammte sie ihren Ellenbogen mitten ins Gesicht des Angreifers. Ein schmatzendes Geräusch sagte ihr, dass die Nase wohl gebrochen war und sofort rann daraus Blut.

Dann war Mark Schneider da, der den Wüterich von hinten an den Haaren packte und ihn zurück riss.

Ulla gelang es, Bertrams Arme auseinanderzuschlagen. Gemeinsam warfen sie den immer noch Tobenden zu Boden und legten ihm Handschellen an. Doch auch mit Handschellen wütete er weiter und beruhigte sich erst ein wenig, nachdem sie ihn eine gewisse Zeit auf dem Fußboden fixiert hatten.

Schwer atmend erhob Ulla Stein sich. „Frank Bertram, ich nehme Sie vorläufig fest wegen Körperverletzung und tätlichem Angriff auf eine Polizeibeamtin."

„Du kannst mich mal!", schrie der am Boden Liegende.

Silke Bertram war völlig aufgelöst. Ulla holte ihr ein Glas Wasser und redete beruhigend auf sie ein. „Wir nehmen Ihren Mann mit und schließen ihn ein. Zumindest diese Nacht sind Sie vor ihm sicher."

Danach rief sie einen Streifenwagen. Die Kollegen kamen auch kurz darauf und transportierten den Festgenommenen ab.

Sie blieben noch etwas bei Silke Bertram. Nachdem sie sich etwas beruhigt hatte, fuhren sie zurück zur Dienststelle.

Leyendecker war erleichtert, als er Ulla sah, hatte man ihm doch schon von der ganzen Aktion berichtet. Trotzdem konnte er sich eine leichte Kritik nicht verkneifen. „Das war leichtsinnig und wenig professionell, Ulla. Du hättest dich durch Schneider sichern lassen müssen. Es kann immer wieder passieren, dass so jemand ausrastet, aber es ist ja noch mal gut gegangen. Trotzdem, ich sehe, dass sich dein Hals bereits jetzt etwas verfärbt. Du solltest die nächsten Tage besser etwas Hochgeschlossenes tragen, oder willst ständig auf die Knutschflecke angesprochen werden?"

„Du bist ein solcher Blödmann!", kommentierte Ulla und zog sich erst einmal in den Waschraum zurück, um sich einigermaßen wieder herzurichten.

Einer der Unformierten kam. „Der Bertram hat einen Anwalt gefordert."

„Das hat Zeit bis morgen. Lassen wir den ruhig etwas schmoren", erwiderte Leyendecker.

Als sie nach Hause kamen, zeigte sich Frau Hein ganz entsetzt. „Mein Gott, was ist Ihnen denn passiert, Frau Stein?"

Leyendecker hielt den Finger an den Mund und gab ihr zu verstehen, Ulla besser in Ruhe zu lassen, wusste er doch, wie ungehalten sie sein konnte.

Die Nacht in der Zelle hatte Frank Bertram kein bisschen milder gemacht. Er war zwar etwas zerknautscht, aber die blanke Wut stand immer noch in seinen Augen. „Das werden Sie bereuen!", drohte er. „Das ist Polizeiwillkür. Ich werde Sie persönlich zur Rechenschaft ziehen!"

„Nun setzen Sie sich doch erst einmal", versuchte Ulla beruhigend auf ihn einzuwirken, „möchten Sie ein Glas Wasser oder einen Kaffee?"

„Sie können sich den Kaffee sonst wo hin! Ich will hier raus und das sofort!"

„So schnell geht das nicht, Herr Bertram. Das sind schwere Anschuldigungen, die gegen Sie erhoben werden. Ich gebe Ihnen nur Gelegenheit, sich dazu zu äußern."

„Diese Anschuldigungen werden sich in Luft auflösen. Außerdem antworte ich nur in Gegenwart meines Anwalts, der mir bisher vorenthalten wurde."

Ulla reichte ihm ein Telefon. „Bitte sehr, rufen Sie ihn an." Sie wandte sich an den Beamten, der Bertram gebracht hatte. „Wenn Herr Bertram mit seinem Anwalt telefoniert hat, bringen Sie ihn zurück in die Zelle. „Unverschämtheit!", hörte sie noch, als sie die Tür des Vernehmungszimmers hinter sich schloss.

Leyendecker war gerade dabei, denn Streifendienst des Tages neu zu organisieren, als sie sein Zimmer betrat. „Na, was macht unser Freund aus Atzelgift?", fragte er. „Hat er sich inzwischen etwas beruhigt?"

Ulla zuckte lapidar mit den Schultern. „Kein Anzeichen von Reue. Wie ich diese Typen hasse. Wie gerne würde ich ihm drastisch vor Augen führen, was er seiner Frau angetan hat."

„Naja, etwas hast du ihm ja schon gezeigt."

„Das war ja nun Notwehr. Der Kerl hat mehr verdient."

„Hast du ihn laufen gelassen?", erkundigte Leyendecker sich.

„Nein, er sitzt in seiner Zelle und wartet auf seinen Anwalt. Was machen wir mit ihm?"

„Na was schon. Wir lassen ihn laufen. So bedauerlich das ist, du wirst keinen Richter finden, der einen Haftbefehl erlässt. Keine Vertuschungs- oder Verdunklungsgefahr. Ein unbescholtener Ehrenmann. Was droht ihm schon? Allenfalls Bewährung. Außerdem weißt du doch genauso gut wie ich, dass es in den meisten Fällen überhaupt nicht zur Anklage kommt."

„Ich weiß ja, dass du recht hast, aber das ist so frustrierend!", zürnte sie.

„Wenn der Anwalt kommt, lässt du ihn gehen. Ich veranlasse, dass im Elsterweg vermehrt Streife gefahren wird. Falls er da wieder auftaucht, nehmen wir ihn wieder fest. Das ist zwar unbefriedigend, aber wir beide können nun mal die Welt nicht retten."

„Wir können aber wenigstens versuchen, sie ein wenig zu verbessern. Wenn nicht wir, wer dann? Manchmal gehst du mir mit deinem Fatalismus ganz schön auf den Geist!"

Leyendecker schaute ihr kopfschüttelnd nach, als sie sein Zimmer verließ. Er fühlte sich ungerecht behandelt. Ullas Zorn hatte wieder mal ihn getroffen, obwohl er ja nun wirklich unschuldig war. Er hätte doch selbst gerne anders entschieden. Aber er hatte schon lange aufgegeben, wie Don Quijote gegen Windmühlen zu kämpfen.

Das Telefon läutete. Jörg Hacker, sein Vorgesetzter und Freund beim LKA war am Telefon. „Hallo Christoph. Ich höre, ihr habt einen toten Rocker. Gibt es bei euch so etwas wie einen Bandenkrieg. Du weißt schon, dass ihr so etwas nicht allein bewältigen könnt. Ich kann dir jederzeit ein oder zwei Leute zur Unterstützung schicken."

„Hallo Jörg", Leyendecker freute sich, wieder einmal von seinem alten Weggefährten zu hören, gleichzeitig hatte er auch ein schlechtes Gewissen, dass er sich so lange nicht gemeldet hatte. „Danke für dein Angebot. Aber so wie es im Augenblick scheint, hat das hier nichts mit einem Bandenkrieg zu tun. Es ist einfach nur ein toter Motorradfahrer. Sollte sich jedoch etwas anderes herausstellen, komme ich gerne auf dich zurück. Wie geht es deiner Frau und den Zwillingen?"

„Danke, denen geht es gut. Die Zwillinge kommen so langsam in die Pubertät. Die halten uns ganz schön auf Trab. Wir müssen uns unbedingt mal wiedersehen."

„Ist versprochen, wenn das alles hier vorbei ist, melde ich mich."

„Nicht vergessen und Grüße an Ulla."

Leyendecker hatte das Auto zu Hause gelassen und war zu Fuß den Steinweg hochgegangen.

Am Nachmittag war Berger in sein Büro gekommen. „Weißt du, Christoph", hatte er gesagt, „zu einem Polizeichef gehört auch, dass ihn die Bürger kennen. Du musst dich einfach mehr unter die Leute mischen und nicht nur zu offiziellen Auftritten erscheinen. Früher sind wir doch auch öfter um die Häuser gezogen. Oder lässt dich Ulla nicht mehr allein aus dem Haus?"

„Ach Karlchen", hatte er geantwortet, „wir werden ja alle nicht jünger und ehrlich gesagt, bin ich auch einmal ganz froh, wenn ich meine Ruhe habe. Und gerade jetzt, ich weiß gar nicht, wo mir der Kopf steht."

„Red keinen Stuss", hatte Berger widersprochen. „Du weißt genau, wie wichtig es ist, den Kopf einmal richtig freizubekommen. Dann sieht man viele Sachen plötzlich in einem anderen Licht."

„Ich weiß nicht, ob man den Kopf freibekommt, wenn man jede Menge Hachenburger hineinschüttet?", hatte er gezweifelt, war aber eigentlich gar nicht so abgeneigt, dem Vorschlag seines Freundes zu folgen, denn offenbar schmollte Ulla immer noch, weil sie Bertram hatte freilassen müssen.

„Stell dich nicht so an! Du kannst es dir ja noch überlegen. Wir treffen uns mit ein paar Leuten im Schwanen. Einige wirst du bereits kennen. Es kann nie schaden, ein paar einflussreiche Leute zu kennen. Du gehörst ja schließlich auch dazu." Mit diesen Worten war Berger gegangen.

Das Gasthaus zum Schwanen, eines der Traditionsgasthäuser Hachenburgs, liegt ziemlich am Anfang der Wilhelmstraße, die heute als Fußgängerzone ausgebaut ist. Leyendecker betrat den Schankraum. Wie früher in so vielen Kneipen waren Einrichtung und Mobiliar in dunklem Holz gehalten.

Karlchen und seine Mitstreiter hielten sich im hinteren Teil der Gaststätte auf. Er hatte Leyendeckers Eintreten bemerkt und winkte ihm zu.

Leyendecker kannte einige der Anwesenden, hatte er sie doch damals im Femestübchen des Hotels zur Krone kennengelernt. Drei kannte er jedoch nicht näher. Der eine stellte sich als der Bankmensch heraus, der Karlchen damals so bereitwillig Auskunft über die Vermögensverhältnisse der Grafen von Bergerhöchst erteilt hatte. Der Zweite wurde ihm als Anselm Gürtler vorgestellt, der einflussreiche Besitzer des Steinbruchs im Nauberg. Bei dem Dritten handelte es sich um den Vorsitzenden des örtlichen Schützenvereins.

Gürtler war der Erste, der Leyendecker ansprach. „Ich bin wie Sie, Neubürger dieser Stadt.

Wie ich höre, kommen Sie vom LKA. Eine ganz schöne Veränderung. Ich will nicht indiskret sein, aber was hat Sie zu diesem Schritt bewogen?"

„So genau weiß ich das selbst noch nicht." Leyendecker zuckte mit den Schultern. „Ob das die richtige Entscheidung war, wird die Zeit zeigen. Ich stamme ja von hier und war auch schon einmal hier beschäftigt. So neu ist das ja alles nicht für mich."

Gürtler nickte. „Ich weiß, und Sie waren damals auch ziemlich erfolgreich. Trotzdem dürfte Ihnen der Schritt nicht leicht gefallen sein. Wie man hört, ist ja jetzt ein Westerwälder Chef des LKA geworden. Hätten sich dadurch nicht weitere Aufstiegschancen ergeben?"

Leyendecker lachte. „Ich glaube nicht, dass die Aufstiegschancen davon abhängen, wo jemand herstammt, oder hätten Sie geglaubt, dass man einen Westerwälder zum LKA-Chef macht?"

„Da werden Sie wohl recht haben. Aber zweifellos ist der Westerwald im Kommen. Wir hatten und haben ja schon einige Minister in Mainz. Aber lassen wir dieses Thema. Viel interessanter sind doch die beiden Morde. Hätten Sie damit gerechnet, dass Sie so kurz nach Ihrer Versetzung wieder mit so was konfrontiert würden?"

„Was will ich machen. Gewünscht habe ich mir das sicher nicht. Die Tageszeitung hat mich ja damals schon als Seuchenvogel bezeichnet, der das Verbrechen anzieht. Aber glauben Sie mir, ich bin daran völlig unschuldig."

Die Anwesenden lachten. „Lass noch mal die Luft aus den Gläsern!" forderte der Gesangvereinsvorsitzende den Wirt auf. „Und? Wie kommen Sie voran?", erkundigte er sich.

„Es ist mühsam", musste Leyendecker bekennen.

„Glauben Sie denn, dass die beiden Fälle zusammenhängen?", erkundigte der Apotheker sich.

Wir ermitteln in alle Richtungen. Wir sind da völlig neutral. Wenn Sie mich persönlich fragen, glaube ich schon. Es wäre schon ein erstaunlicher Zufall wenn nicht."

„Ich höre, dass der Motorradfahrer mit einer Mauser Null Acht erschossen wurde", meldete sich der Vorsitzende des Schützenvereins zu Wort.

Na prima, dachte Leyendecker, Karlchen bestellt mich hierher, damit ich den Kopf freibekomme und dann dreht sich alles um die Fälle, die mir die ganze Zeit durchs Gehirn spuken. Hätte ich mir ja denken können. Außerdem hat der Kerl wieder mal gequatscht, denn der Typ der Tatwaffe gehörte nicht zu den Informationen, die an die Presse weiter gegeben wurden. Aber warum nicht, dann konnte er ja auch gleich versuchen, weiter Informationen zu erhalten. „Wird diese alte Pistole auch heute noch in ihrem Verein häufig benutzt?", erkundigte er sich.

„Eher nicht", erhielt er zu Antwort. „Wir benutzen wohl doch modernere Waffen, aber nichtsdestotrotz ist die alte Mauser den meisten Sportschützen doch bekannt. Ein jeder hat sie wohl schon einmal gesehen oder in der Hand gehabt. Viele dieser Pistolen haben lange Jahre in Nachtschränkchen oder auf dem Speicher gelegen und so recht weiß keiner, was aus denen geworden ist. Jedenfalls sind die wenigsten heute registriert."

„Richtig", bestätigte der Apotheker, „Wir hatten auch so eine zu Hause. Weiß der Teufel, was aus der geworden ist. Aber etwas sicherer würde ich mich mit der schon fühlen, bei den ganzen Betäubungsmitteln, die man so im Haus hat."

„Mein Vater war auch Offizier", erklärte der Vorsitzende des Gesangvereins. „Er hat sie damals vergraben, bevor die Amis sie finden konnten."

„In vielen Familien gab es diese Waffe", erklärte der Steinbruchbesitzer. „Bei uns hat es auch so eine Pistole gegeben. Was mag wohl aus der geworden sein? Vielleicht ist die bei meinem älteren Bruder gelandet. Aber den können wir nicht fragen, der liegt lange auf dem Friedhof."

„Hat sich doch gelohnt", scherzte Karlchen. „Jetzt hast du ein paar Verdächtige mehr, Christoph. Aber jetzt wollen wir uns den schöneren Sachen des Lebens widmen. Karl, bring uns noch ne Runde!"

„Schon eingelassen," erwiderte der Wirt.

Die Runde kam dann auch gleich und mit ihr das Essen. Es gab Bratkartoffeln und Sülze für alle. Dazu wurde Remouladensoße gereicht. Leyendecker konnte sich nicht erinnern, wann er das zum letzten Mal gegessen hatte, aber es schmeckte ihm sehr gut.

Schließlich wandten sich die Gespräche doch dann profaneren Themen zu. Als Leyendecker sich auf den Heimweg machte, hatte er einen Aufnahmeantrag für den Gesangverein, einen Aufnahmeantrag für den Schützenverein und einen Bierdeckel, auf dem die Rendite eines Fondssparplanes dargestellt war, in der Tasche.

Balboa saß auf der obersten Stufe der Treppe und Leyendecker hatte den Eindruck, dass der Kater den Kopf schüttelte, aber vermutlich war das nur Einbildung.

Kapitel 8

Letzte Nacht hatte sie gar nicht geschlafen. Auch diese Nacht wachte sie immer wieder schweißgebadet auf. Gernots Tod und die Gewaltexzesse ihres Mannes verfolgten sie in ihren Träumen. Wieder einmal schreckte sie hoch. Die Ziffern des Radioweckers zeigten, dass es kurz nach drei war. Irgendetwas war anders. Zuerst glaubte sie, ihr Mann sei zurückgekommen, aber der hätte sich sicher nicht so still verhalten. Ihre Hand tastete nach dem Schalter der Nachttischlampe.

„Lassen Sie bitte das Licht aus, Frau Bertram", sagte eine ruhige, sonore Stimme.

Sie wollte schreien, aber irgendwie brachte sie keinen Ton heraus. Eine Hand fasste die ihre und drückte sie ganz leicht.

„Keine Angst, Frau Bertram. Ihnen wird nichts geschehen. Wir stehen auf Ihrer Seite."

„Was wollen Sie?", presste sie heraus. „Wie kommen Sie hier herein?"

„Wir möchten mit Ihnen reden. Aber zuerst wollen wir Ihnen unseren Beistand versichern."

Irgendwie strahlte die Stimme, oder war es der Mann, eine beruhigende Wirkung auf sie aus. „Ich frage noch mal, was wollen Sie von mir? Die Polizei fährt draußen Streife. Wenn ich schreie, wird die mich hören."

„Sie brauchen nicht zu schreien. Wir sind Freunde von Gernot. Sie wollen doch sicher auch, dass seine Mörder einer gerechten Strafe zugeführt werden."

„Das ist Aufgabe der Polizei", langsam beruhigte Silke Bertram sich etwas. „Ich vertraue dieser Frau Stein."

„Frau Stein ist zweifellos eine ausgezeichnete Polizistin", bestätigte der Fremde. „Wir sind nicht gegen die Polizei, wir unterstützen sie sogar. Aber wir haben Möglichkeiten, über die die Polizei nicht verfügt, nicht verfügen darf."

„Ich frage noch mal! Wer sind Sie?", beharrte sie.

„Das brauchen Sie nicht zu wissen, Frau Bertram. Für Sie ist nur wichtig, dass wir auf Ihrer Seite stehen, dass wir ihre Freunde sind. Lassen Sie uns ein wenig plaudern, dann bin ich auch gleich wieder fort. Versprochen."

„Was wollen Sie denn wissen? Ich habe der Polizei alles gesagt."

„Das glaube ich ihnen gerne. Aber sagen Sie es mir ganz einfach noch einmal."

„Was wollen Sie wissen?", fragte sie erneut.

„War Gernot in den letzten Tagen irgendwie verändert?"

„Wenn Sie mich so fragen. Irgendwie verändert kam er mir schon vor. Er hat immer davon geträumt, wie schön es doch wäre, irgendwo im Süden zu leben. Er hat mich angerufen. Würde es dir in Südfrankreich gefallen?, hat er gefragt. Ich habe ihn einen Träumer genannt. Wer weiß, manchmal werden Träume wahr, hat er geantwortet."

„Was kann er damit gemeint haben? Hat er das weiter erklärt?"

„Das hat er nicht. Ich glaube, es waren nur Träume. Irgendwie war er schon romantisch."

„Na gut, lassen wir es dabei. Hat er Ihnen vielleicht irgendetwas gegeben, das sie aufbewahren sollten, einen Brief, einen Zettel oder irgendetwas in der Art?"

„Oh nein, das hat er nicht", widersprach sie.

„Ist Ihnen vielleicht irgendein Versteck bekannt, das er hatte? Waren Sachen von ihm hier im Haus?"

„Wo denken Sie hin. Wir haben peinlich darauf geachtet, dass nichts von ihm hier im Haus blieb. Mein Mann ist zu allem fähig, das musste ich kürzlich schmerzlich erfahren."

„Auch ihr Mann wird seiner Strafe nicht entgehen. Das verspreche ich Ihnen. Ich lasse Sie jetzt allein. Versuchen Sie, noch etwas zu schlafen. Ich nehme an, Sie sind so schlau und reden nicht über unsere Begegnung. Gute Nacht."

Etwa fünf Minuten lag sie reglos da. Lautlos, wie der Fremde gekommen war, war er auch verschwunden. Sie hörte keine Tür knarren, kein Schloss einrasten. Es war gespenstisch still. Als sie den Lichtschalter betätigte, war da niemand. Es war so, als hätte sie die Begegnung nur geträumt. Es war seltsam. Kurz darauf schlief sie ein und wachte erst am Morgen auf. Die Albträume hatten sie den Rest der Nacht nicht mehr verfolgt.

Ulla hatte am Morgen betont geräuschvoll den Rollladen hoch- und die Vorhänge zurückgezogen. Ihr „guten Morgen, ich hoffe du hast gut geschlafen. Hattest du einen schönen Abend?", war viel zu munter und viel zu laut gewesen. Leyendecker hatte wieder diesen pelzigen Geschmack auf der Zunge gespürt. Wortlos war er im Bad verschwunden. Eine kalte Dusche hatte seine Lebensgeister so halbwegs wieder erweckt.

Auf der Dienststelle war bereits der Teufel los. Viele überregionale Zeitungen hatten am Morgen mit teilweise reißerischen Überschriften über die beiden Morde im sonst so friedlichen Westerwald berichtet. Leyendecker hatte es versäumt, die Kollegen vorzuwarnen, die dann natürlich mit den vielen Anrufen hoffnungslos überfordert waren. Sobald ein Gespräch beendet war, schrillte das Telefon erneut. Es war in keiner Weise möglich, diese Anrufe irgendwie zu filtern, geschweige denn auszuwerten. Man war der Meute der Wichtigtuer und Hobbykriminalisten hoffnungslos ausgeliefert. Der tote junge Mann stammte aus allen Ecken Deutschlands. Ein Medium wollte sogar letzte Nacht mit ihm Verbindung aufgenommen haben und bot an, nach Hachenburg zu kommen.

Als der Vormittag zu Ende ging, saßen Leyendecker und Ulla vor einem Haufen Zettel mit handschriftlichen Notizen. „Die Geister, die ich rief", brummelte Leyendecker kopfschüttelnd. Am liebsten hätte er den ganzen Stoß gleich in den Papierkorb geworfen. Aber es nutzte ja nichts. Er drückte Ulla den halben Stapel in die Hand. „Wohl oder Übel müssen wir versuchen, etwas Vernünftiges darin zu finden."

Das Telefon klingelte. Leyendecker erkannte die wohlbekannte Stimme sofort. „Das passt jetzt überhaupt nicht, Frau Adler", erklärte er und wollte gleich wieder auflegen.

„Warten Sie, Herr Leyendecker. Ich glaube, was ich Ihnen zu sagen habe, könnte für Sie sehr wichtig sein."

„Also los", knurrte er resigniert, „sagen Sie, was Sie zu sagen haben, aber fassen Sie sich bitte kurz."

„Wer wird denn gleich so griesgrämig sein. Ich weiß doch, dass Sie in Wirklichkeit ein ganz netter Mensch sind. Sie können das nur recht gut verbergen."

„Kommen Sie zu Sache, Frau Adler!" Leyendecker hatte wirklich keine Zeit und keine Lust für die Spielchen der Redakteurin, obwohl er sie eigentlich immer ganz nett gefunden hatte.

„Ich kann Ihnen viel Arbeit ersparen, also tun Sie doch wenigstens so, als würde Sie das interessieren. Ich glaube, bei Ihnen geht es drunter und drüber."

„Da erzählen Sie mir nichts Neues", warf er ein.

„Warten Sie doch erst einmal ab. Bei mir in der Redaktion sitzt ein Ehepaar. Die haben heute Morgen versucht, bei Ihnen anzurufen. Wie sie sagen, hat es sicher eine Stunde gebraucht, bis sie überhaupt durchkamen. Dann sind sie wohl bei einem jungen Mann gelandet, der hoffnungslos überfordert war."

„Das kann gut möglich sein", musste Leyendecker zugeben. „Das tut mir auch leid. Was haben die beiden denn zu sagen?"

„So schnell nicht", widersprach Danika Adler. „Ich will die Story exklusiv."

„Konnte ich mir ja denken, dass da wieder ein Pferdefuß dabei ist. Wie stellen Sie sich das denn vor? Zunächst müsste ich einmal wissen, was die beiden auf dem Herzen haben. Was meinen Sie denn mit exclusiv?"

„Ich möchte nur einen kleinen Vorsprung. Meine Zeitung bringt Sie zusammen, und wenn die Ergebnisse brauchbar sind, veröffentlichen wir sie als Erste. Das ist doch wohl fair."

Leyendecker zögerte einen Moment. „Darüber lässt sich reden", sagte er dann. „Was haben Sie denn zu bieten."

Adler lachte laut. „Ich habe vieles zu bieten. Aber Spaß beiseite. Ich habe die Eltern des Jungen. Haben wir einen Deal?"

„Wenn das zutrifft, haben wir einen Deal", bestätigte Leyendecker.

Ulla schaute von Ihrem PC auf, als Leyendecker ihr Zimmer betrat. „Du erinnerst dich doch sicher noch an Danika Adler?", fragte er.

„Du meinst diese Journalistin? Ist die jetzt nicht bei dieser Boulevardzeitung?"

„Richtig, in Köln", bestätigte er. „Sie hat angerufen …"

„Lass mich raten. Sie wollte wieder irgendwelche Sonderrechte und du hast dich wieder breitschlagen lassen."

„So kann man das nicht nennen", erwiderte er etwas zögerlich. Leyendecker war sich schon klar, dass die Chemie zwischen denn beiden Frauen nie so ganz gestimmt hatte. Vielleicht war an dem Begriff der Stutenbissigkeit doch etwas dran.

„Wie würdest du es denn nennen?"

„Sagen wir mal so. Sie hatte etwas, was ich wollte und dafür habe ich ihr etwas gegeben."

„Drucks nicht so herum. Du wirst schon wissen, was du tust. Was hat sie nun für uns?"

„Sie sagt, sie habe die Eltern unseres Toten aus Atzelgift. Und du weißt ja, es ist ihr Job, schneller zu sein als die anderen."

„Und da hast du ihr Sonderrechte eingeräumt. Ich denke das ist es auch wert, wenn das wirklich die Eltern sind. Das kann unsere Ermittlungen erheblich voranbringen. Wir treten ja seit Tagen auf der Stelle."

„Ich bin mit ihr und den Eltern verabredet."

„Da komme ich natürlich mit, oder wolltest du mich da außen vor lassen?"

„Wo denkst du hin. Das ist dein Fall. Frau Adler wartet in der Wohnung der Eltern auf uns. Die wohnen in einem kleinen Ort bei Frechen. Du weißt doch, wo Frechen liegt?"

Ulla sah Leyendecker kopfschüttelnd an. „Du weißt ganz genau, dass ich dir bei jedem Quiz in Geografie überlegen bin, und du fragst mich, ob ich weiß, wo Frechen liegt? Nicht weit von Köln, Nordrhein-Westfalen, ein anderes Bundesland, außerhalb unserer Zuständigkeit. Wie stellst du dir das vor?"

„Ich will ja nur mit den Leuten reden."

Wieder schüttelte Ulla Stein ihre brünetten Locken. „Bist du wirklich so naiv? Du verabredest dich mit deiner Freundin Danika Adler ..."

„Sie ist nicht meine Freundin", unterbrach er sie.

„Du verabredest dich mit deiner Freundin Danika Adler", setzte Ulla ihre Ansprache ungerührt fort. „Vermutlich hat sie auch einen Fotografen dabei, und dein Bild erscheint morgen mit den Eltern in dieser Zeitung. Wenn sich dann die Kollegen aus Nordrhein-Westfalen beschweren, sagst du, dass du nur mit den Eltern reden wolltest."

„Wie so oft hast du wieder einmal recht", Leyendecker sah ein, dass er die Angelegenheit zu blauäugig angegangen war. „Wir müssen wohl den Dienstweg einhalten."

„Es darf aber der kleine Dienstweg sein. Informier die Kolleginnen und Kollegen, dass wir für den Rest des Tages außer Haus sind. Ich kümmere mich um die Frechener."

Die Fahrt hatte über die A3 und die A4 etwa eineinhalb Stunden gedauert. Das Polizeirevier lag im Gewerbegebiet an der Dürener Straße. Oberinspektor Kalfoss, ein kleiner Mann mit Kugelbauch und Halbglatze kam ihnen bereits entgegen. Er trug Zivil, genau wie Ulla Stein und Leyendecker. Sein Alter war schwer einzuschätzen. Leyendecker tippte auf Mitte vierzig. „Sie müssen Frau Stein sein, ich habe Sie vom Fenster aus gesehen. So oft fahren ja keine Autos mit WW-Kennzeichen auf unseren Parkplatz. Sie sind ja noch hübscher, als ich mir das aufgrund Ihrer Stimme vorgestellt habe." Während er das sagte, reichte er Ulla die Hand. „Freut mich, Sie kennenzulernen."

Leyendecker unterbrach das Süßholzraspeln des Dicken durch ein vernehmliches Räuspern, woraufhin Kalfoss ihm ebenfalls die Hand gab. „Sie sind dann Herr Leyendecker. Wollen wir gleich zu Sache kommen?"

„Ich bitte darum", bat Leyendecker. „Die Kollegin Stein hat Sie ja bereits ins Bild gesetzt. Wir haben da im Westerwald einen toten jungen Mann, von dem wir bisher die Identität nicht feststellen konnten. Wir hoffen, dass wir hier ein Stück weiter kommen."

Kalfoss deutete eine Verbeugung an. „Ich stehe Ihnen ganz zur Verfügung. Wie ich höre, ist die Presse auch schon vor Ort. Etwas ungewöhnlich, aber das ist ihr Fall, ich halte mich da raus, bin quasi nur stiller Beobachter. Ich schlage vor, wir fahren alle mit Ihrem Wagen. Sie können mich ja nachher wieder hier absetzen. Ich zeige Ihnen den Weg."

Das hätte das Navi sicher genauso gut gekonnt, dachte Leyendecker, musste sich aber doch notgedrungen auf den engen Rücksitz des Minis zwängen.

Nach wenigen Minuten hielt Ulla ihren Wagen vor einer Doppelhaushälfte in einem Neubaugebiet von Niederzier. Hilpert stand auf dem goldenen Schild neben der Klingel. Der Mann, der ihnen öffnete, war etwa Mitte fünfzig, eins achtzig groß, schlank und durchtrainiert. Äußerlich wirkte er gefasst, aber die Hand, die er ihnen reichte, zitterte leicht, als er sich als Herbert Hilpert vorstellte. Er bat sie in ein modern eingerichtetes Wohnzimmer mit einer beigen Lederlandschaft. Hierauf saßen Danika Adler und eine Frau, die etwa das gleiche Alter wie der Mann, der ihnen geöffnet hatte, haben mochte. Die Frau trug ein graues Kostüm und eine helle Baumwollbluse. Die rot geränderten Augen zeugten davon, dass sie wohl geweint hatte. „Meine Frau", stellte Hilpert sie vor. „Frau Adler kennen Sie ja wohl." Er bat sie an einen Tisch mit sechs

Stühlen. Darauf standen eine Isolierkanne und sechs Tassen mit Untertassen. „Hier lässt es sich sicher besser reden."

Die Redakteurin begann das Gespräch. „Wie ich Ihnen, Herr Leyendecker, bereits am Telefon sagte, haben sich die Eheleute Hilpert an unserem Redaktion gewandt, weil sie wohl bei Ihnen nicht durchdringen konnten. Sie hatten das Bild Ihres Sohnes in unserer Zeitung gesehen und da war dies sicher naheliegend."

Leyendecker waren solche Gespräche immer peinlich. „Das bedauere ich sehr, aber bei uns ging es drunter und drüber. Ich hatte die Resonanz auf die Pressemitteilung unterschätzt. Ich bitte nochmals um Entschuldigung. Außerdem möchte ich es nicht versäumen, Ihnen Frau Hilpert und Ihnen, Herr Hilpert, unsere herzliche Anteilnahme zu versichern. Trotzdem muss ich Sie fragen, ob Sie sich wirklich sicher sind, dass es sich bei dem Toten um Ihren Sohn handelt? Manchmal sind die Bilder in den Zeitungen ja doch recht undeutlich."

Die Hausherrin begann, Kaffee auszuschütten, irgendwie schien sie den Drang zu verspüren, irgendetwas zu tun. „Das ist unser Alex. Da sind wir uns ganz sicher."

Herbert Hilpert legte einige Fotos auf den Tisch. „Wir haben Ihnen ein paar Bilder von unserem Jungen herausgesucht. Sie haben ihn ja sicher gesehen und können sich selbst überzeugen."

Ulla nahm die Fotos in die Hand. Sie zeigten eindeutig den jungen Mann von der Atzelgifter Grillhütte. Wortlos nickte sie.

Nach einiger Zeit unterbrach Leyendecker das Schweigen. „Trotzdem muss ich Sie bitten, Ihren Sohn noch zu identifizieren, leider."

Hilpert neigte leicht den Kopf. „Das verstehen wir. Was glauben Sie, wann können wir Alex beisetzen?"

Leyendecker dachte kurz nach. „Eigentlich sind alle Untersuchungen abgeschlossen. Sie werden ja einige Vorbereitungen treffen müssen, aber dann, aus meiner Sicht spricht nichts dagegen."

Wieder trat eine dieser peinlichen Pausen ein, bis Ulla Stein das Wort ergriff. „Sie erlauben doch, dass wir Ihnen einige Fragen stellen? Es ist wirklich wichtig."

„Aber natürlich, wir wollen doch auch, dass Sie den Mörder unseres Sohnes fassen, bitte fragen Sie", entgegnete Hilpert und seine Frau nickte zustimmend mit dem Kopf.

Ulla zögerte. „Da offenbar niemand bei uns Ihren Sohn kannte, können Sie sich vorstellen, was er im Westerwald gemacht hat? Was wollte er dort?"

Die Hilperts schauten sich gegenseitig fragend an, bevor er antwortete: „Wir haben keine Ahnung, ganz ehrlich. Wir wussten vorher nicht einmal, wo dieses Hachenburg oder gar dieses Atzelgift liegen, wenn ich das richtig verstanden habe, ist das doch wohl ein sehr kleiner Ort. Wir können uns nicht vorstellen, was Alex da gemacht hat. Er hatte sich eine Auszeit genommen. Es war wohl eher Zufall, dass er dort war."

„Wie dürfen wir das mit der Auszeit verstehen?", erkundigte sich Leyendecker.

„Ich muss da sicher etwas weiter ausholen", erklärte Hilpert. „Alex war ein ausgezeichneter Schüler. Er hat eine Klasse am Gymnasium übersprungen und dann gleich in Tübingen Informatik studiert. Das Studium hat er letztes Jahr beendet. War wohl in Rekordzeit. Danach hatte er zahlreiche Angebote. Eine glänzende Karriere lag vor ihm. Aber er war sich nicht sicher, was er machen wollte, ob er vielleicht an der Uni bleiben und promovieren oder aber einige Jahre ins Ausland gehen wollte, ließ er offen. Das läuft mir alles nicht weg, hat er gesagt. Er wolle etwas von der Welt sehen. So hat er sich dann aufgemacht. Er war finanziell unabhängig, hatte er doch zusammen mit einem Kommilitonen ein Videospiel, oder so etwas Ähnliches, das man auf das Smartphone herunterladen konnte, entwickelt. Damit haben die beiden doch sehr gut verdient."

„Hatte er ein Ziel?", wollte Ulla wissen.

Hilpert verneinte. „Das war es ja gerade, was er so spannend fand. Keinen vorbestimmten Wegen zu folgen. Sich einfach treiben lassen."

„Aber er hat mit Ihnen Verbindung gehalten?", erkundigte sich Leyendecker.

„Wie man das so nennen kann", erklärte Frau Hilpert, die bisher nur zugehört hatte. „Er hat alle paar Wochen angerufen und gesagt, dass es ihm gut geht. Wenn ich dann gefragt habe, wo er sei, hat er geantwortet, das kennst du sowieso nicht, Mama. Ich habe in den letzten Tagen versucht, ihn anzurufen, aber das Handy ist wohl ausgeschaltet."

„Könnten irgendwelche Bekannte etwas Näheres über seine Reisen wissen?"

Frau Hilpert dachte angestrengt nach. „Ich glaube kaum. Er hatte eine Freundin, aber das Verhältnis ist vor zwei Jahren in die Brüche gegangen. Das war wohl die räumliche Trennung. Alex war eher ein Einzelgänger, wie das ja bei so guten Schülern oft der Fall ist."

„Ich nehme an, er hat seine Wohnung in Tübingen aufgegeben, nachdem er das Studium vorläufig beendet hat", vermutete Leyendecker.

„Das ist richtig, er hatte sein Zimmer hier bei uns. Wollen Sie es sehen?"

Herr Hilpert führte sie die Treppe hoch ins Obergeschoss. Es wirkte ordentlich und aufgeräumt. Den meisten Raum nahmen Regale mit Büchern ein. Leyendecker erkannte einige Fachbücher aus den Bereichen Physik und Mathematik und Werke, die Alex Hilpert wohl für sein Studium benötigt hatte. Darüber hinaus sah man einige Ordner, die unter anderem die Aufschriften Bank, Krankenversicherung, Firma und Studium trugen.

„Darf ich?", fragte Leyendecker und nahm den Ordner Firma zur Hand.

„Bitte, nur zu", erwiderte Hilpert.

Zuoberst war da ein Gesellschaftervertrag mit einem Thomas Müller zu sehen. Danach einige Schreiben eines Steuerberaters. „Hier geht es wohl um das Videospiel", nahm Leyendecker an.

Der Ordner Bank enthielt lediglich die Kopie eines Kontoeröffnungsantrags. „Er hat natürlich Internetbanking gemacht", erläuterte Hilpert.

„Wir müssen die Bankbewegungen einsehen. Möglicherweise können wir damit ein Bewegungsprofil erstellen. Es wäre nützlich, wenn Sie uns Ihre Erlaubnis hierzu erteilen würden. Die Bank wird sich vermutlich trotzdem zunächst quer stellen, aber wir erhalten dadurch leichter einen entsprechenden Beschluss."

„Kein Problem. Sie erhalten alles, was Sie benötigen."

„Das müssen wir wohl der örtlichen Polizei überlassen", merkte Ulla an.

Leyendecker hatte Kalfoss trotz dessen Körpermasse ganz vergessen. So unauffällig hatte sich der Frechener Kollege bisher verhalten.

Zum ersten Mal meldete sich dieser jetzt zu Wort. „Ich werde mich gleich darum kümmern. Vielleicht geben die von der Sparkasse uns ja auch so Auskunft. Schließlich kennt man sich ja vor Ort und irgendwie ist man ja immer wieder mal aufeinander angewiesen."

Leyendecker musste lächeln. Es hatte den Anschein, als seien Karlchens Beziehungen zur örtlichen Bankenwelt kein Einzelfall. Hier war man ja nicht so weit von Köln entfernt, und der von dort so bekannte Klüngel schien hier auch zu funktionieren. „Es wäre schön, wenn Sie uns dann zeitnah unterrichten könnten", bat er.

„Wir tun was wir können", versicherte Kalfoss. „Was ist mit dem PC?", erkundigte er sich, „soll ich den auch mitnehmen?"

Leyendecker hatte sich schon gewundert, dass sie hier einen stationären Computer vorgefunden hatten, benutzten die jungen Leute heute doch vorwiegend Laptops. „Den würden wir, Ihr Einverständnis vorausgesetzt, Herr Hilpert, gerne mitnehmen. Kennen Sie zufällig das Passwort?"

„Sie können den PC gerne haben", stimmte Hilpert zu. „Das Passwort kenne ich leider nicht, und ich glaube, das werden Sie auch nicht so schnell herausfinden. Sie dürfen nicht vergessen, Alex war Spezialist und mit diesem Computer hat er unter anderem das Spiel geschrieben, womit er bis heute Geld verdient hat."

„Hat er noch einen Laptop?", erkundigte sich Ulla.

Hilpert schüttelte den Kopf. „Er hat noch ein Tablet und sein Smartphone, die hat er immer bei sich getragen. Haben Sie die nicht bei ihm gefunden?"

„Leider nein", entgegnete Ulla. „Er hatte überhaupt nichts bei sich, was irgendwie auf seine Identität hätte schließen lassen. Wir mussten daher den Weg über die Presse gehen."

„Was ja auch dann wieder einmal hilfreich war", meldete sich Danika Adler zu Wort.

Ulla reagierte nicht auf die Redakteurin. „Es wird sich leider nicht vermeiden lassen, dass die Spurensicherung das Zimmer Ihres Sohnes gründlich untersucht."

„Das können wir ja vor Ort erledigen", meldete sich erneut Kalfoss.

„Bevor Sie jetzt wieder in den Westerwald verschwinden, darf ich Sie an unsere Abmachung erinnern, Herr Leyendecker", meldete sich Danika Adler."

„Ich vergesse unsere Vereinbarung nicht", versicherte Leyendecker.

„Schön, dann wollen wir gleich damit anfangen."

Leyendecker wusste nicht, was sie mit dieser Bemerkung sagen wollte. „Ich verstehe nicht …"

„Sie werden doch nicht glauben, dass wir nicht von der heutigen Begegnung berichten werden. Unser Fotograf wartet im Auto."

So insgeheim hatte Leyendecker gehofft, daran vorbeizukommen, aber er musste wohl zu seinem Wort stehen. Widerstrebend erklärte er sich einverstanden.

„Sie brauchen keine Angst zu haben, dass wir negativ über Sie berichten", versicherte Frau Adler. „Ich habe mir das in etwa so vorgestellt: Unser Blatt findet Eltern des ermordeten jungen

Mannes, Polizei arbeitet über Landesgrenzen hinweg zusammen. Wir werden danach auch weiter über den Fall berichten. Ich hoffe, wir können dann mit weiteren Informationen von Ihnen rechnen."

Gequält nickte Leyendecker.

„Ich glaube es liegt noch viel Arbeit vor uns", stellte Ulla fest, als sie in Hennef die A3 verließen.

„Wenigstens wissen wir jetzt, wer der Tote ist", entgegnete Leyendecker. „Endlich etwas Greifbares. Bisher haben wir ja nur im Nebel herumgestochert. Schade, dass man die Vorratsdatenspeicherung abgeschafft hat. Die Verbindungsdaten seines Handys wären sicher aufschlussreich gewesen. Jetzt gibt es ja Bestrebungen, das wieder zuzulassen. Für diesen Fall nützt uns das leider nichts. Ich glaube einfach nicht, dass Alex Hilpert zufällig bei uns war. Irgendetwas oder irgendwen hat er gesucht.

„Ob er gefunden hat, was er gesucht hat?"

„Siehst du Ulla, das ist genau die Frage, die wir beantworten müssen."

Leyendeckers Magen grummelte.

„Ich habe auch Hunger", bemerkte Ulla lachend. „Wir haben schließlich seit dem Frühstück nichts mehr gegessen. Ich bin schon ganz schön unterzuckert."

„Das müssen wir ganz schnell ändern. Sobald wir ankommen, gehen wir sofort essen.

Wohin möchtest du denn gerne?", erkundigte er sich.

„Ich bin den ganzen Tag auf den Beinen. So verschwitzt, wie ich bin, setze ich mich in keine Kneipe."

„Was schlägst du vor? Sollen wir uns was bestellen?"

„Eigentlich hätte ich Lust auf Spaghetti Carbonara."

„Die kannst du dir doch auch bestellen. Wir haben doch genug Pizzataxis. Du musst dir den Lieferservice nur aussuchen."

„Die bringen doch immer nur Spaghetti mit Sahnesoße und gekochtem Schinken. Das hat mit Spaghetti Carbonara wenig zu tun", widersprach sie.

„Ich könnte welche machen", schlug er vor. „Eier und Speck haben wir noch zu Hause. Olivenöl und etwas Sahne wohl auch. Aber ich glaube, wir haben keine Nudeln mehr im Haus. Frau Hein wird uns aber sicher welche leihen, wenn sie welche hat."

„Wir könnten auch schnell welche kaufen, oder warte, wir holen uns bei dem Italiener in der Schwanenpassage frische Nudeln. Die schmecken doch wesentlich besser."

Gute Idee", pflichtete er bei. „Aber wir müssen erst den Computer ausladen. Den wollen wir doch nicht über Nacht im Kofferraum lassen."

„Natürlich nicht. Wo willst du ihn denn hinbringen lassen, nach Koblenz?"

„Vielleicht wäre das LKA besser. Ich glaube, ich rufe gleich mal unseren gemeinsamen Freund Hacker beim LKA an.

Selbstverständlich war dieser bereit, den PC in Mainz untersuchen zu lassen. Er sagte Leyendecker zu, dass er sich persönlich darum kümmern würde. „So, das wäre erledigt", erklärte Leyendecker. „Ich schlage vor, du schmeißt mich samt PC bei der Dienststelle raus. Du besorgst die Nudeln, ich kümmere mich darum, dass der PC gleich morgen früh zum LKA geschafft wird. Die paar Schritte gehe ich dann zu Fuß nach Hause."

„So soll es sein", bestätigte Ulla.

Kapitel 9

Ulla parkte ihren Mini im Parkhaus am Bachweg. Von dort waren es nur ein paar Schritte bis zur Schwanenpassage. Wie immer fiel ihr das Gebäude des ehemaligen Supermarktes am Bachweg unangenehm auf, das sich immer mehr zur Industriebrache entwickelte. So nah am historischen Zentrum der Stadt eigentlich eine Schande. Es war wirklich an der Zeit, dass das Gebäude bald einer sinnvollen Verwendung zugeführt wurde. Es war ohnehin eine schlechte Entwicklung, dass immer mehr Geschäfte das Stadtzentrum verließen und sich in den Gewerbegebieten der Peripherie ansiedelten. Aber eigentlich brauchte sie sich nicht zu beklagen, fand auch sie es doch bequemer, dass man im Industriegebiet vor den Geschäften parken konnte und dort auch immer einen Parkplatz fand.

Der Inhaber des italienischen Ladens war wie immer sehr freundlich, auch wenn Ulla lediglich zwei Päckchen Nudeln, Bandnudeln, keine Spaghetti, kaufte.

Manchmal beschlich Ulla so ein mulmiges Gefühl, das irgendwie nicht greifbar war, wenn sie ein Parkhaus betrat. Dieses Gefühl hatte sie nicht oft, aber als sie zurückkam, war es wieder da und das war nicht angenehm. Unwillkürlich beschleunigte sie ihre Schritte. Da hörte sie ein Geräusch und wollte sich gerade umdrehen, als sich zwei Hände um ihren Hals legten. Eine gepresste Stimme erklang: „Du bist an allem schuld. Dir habe ich zu verdanken, dass mein Leben in Trümmern liegt."

Irgendwoher kannte sie diese Stimme, aber jetzt war keine Zeit, darüber nachzudenken. Sie musste diesen Kerl stoppen, bevor sie das Bewusstsein verlor. Sie fasste die Handgelenke des Angreifers und versuchte, die Arme auseinanderzudrücken. Die Umklammerung ihres Halses lockerte sich nur unmerklich. Mit aller Macht trat sie nach hinten. Offenbar hatte sie das Schienbein ihres Peinigers getroffen, denn sie hörte ein gequältes Aufstöhnen, was aber nichts an der Umklammerung änderte. Auf einmal spürte sie, wie sich die Hände lockerten. Der Angreifer wurde herumgerissen. Ein dumpfes Klatschen, wie von einem Schlag, war zu hören.

Nach Atem ringend drehte sie sich um. Da sah sie auch, warum ihr die Stimme bekannt vorgekommen war. Frank Bertram lag da bewegungslos auf dem Rücken. Aus seinem Mundwinkel lief ein dünnes Rinnsal Blut.

Ihre Handschellen hatte Ulla nicht dabei. Aber sie führte immer, sowohl in ihrer Handtasche als auch in ihrer Einkaufstasche, ein paar Kabelbinder mit sich. Sie zog einen hervor, drehte Bertram auf den Bauch und fixierte dessen Handgelenke.

Erst dann schaute sie den jungen Mann an, der interessiert danebenstand. „Danke, dass Sie mir geholfen haben. Das war eng."

„Da nicht für", sagte der Fremde, lächelte und zwinkerte mit dem linken Auge. Dann drehte er sich um und ging.

„Halt, warten Sie, ich brauche Sie als Zeugen!", rief sie, als sie sich von ihrer Verblüffung erholt hatte.

Der Fremde hob noch einmal die Hand zum Abschied und war dann verschwunden. Kurz darauf glaubte Ulla zu hören, dass ein schweres Motorrad ansprang.

Mit dem Handy rief sie einen Streifenwagen, der auch kurz darauf erschien. „Nehmt den Kerl mit und sperrt ihn ein!", trug sie den uniformierten Kollegen auf, nachdem sie denen berichtet hatte, was passiert war. „Und lasst einen Arzt kommen, der den Idioten untersucht, nicht dass man uns irgendwie an den Karren fahren kann."

„Sollen wir nach dem Unbekannten suchen?", fragte einer der Streifenpolizisten.

Sie machte eine abwehrende Handbewegung. „Lasst es gut sein. Der ist längst fort. Sorgt nur dafür, dass wir die Aufnahmen der Überwachungskamera erhalten."

Als Leyendecker nach Hause kam, wunderte er sich, dass seine Lebensgefährtin noch nicht da war. Vermutlich hatte sie noch einen Bekannten getroffen.

Eine Viertelstunde später hörte er die Haustür und Frau Heins Stimme: „Mein Gott, Frau Stein, was ist Ihnen denn jetzt wieder geschehen?"

„Nicht der Rede wert, Frau Hein, es ist alles in Ordnung", erwiderte Ulla. „Etwas Abwechslung im Beruf ist doch immer wieder schön."

Was sie wohl wieder damit meinte, wunderte sich Leyendecker, da ging auch schon die Tür auf.

„Das Arschloch hat mich angegriffen!", erklärte sie wütend, bevor Leyendecker fragen konnte.

„Von welchem Arschloch sprichst du?", erkundigte er sich.

„Ich spreche von diesem Bertram. Der war im Parkhaus." Dann informierte sie Leyendecker ausführlich über das Geschehene.

„Der scheint es auf deinen Hals abgesehen zu haben. Aber Spaß beiseite, gut, dass der junge Mann zufällig da war."

„Das war gut", bestätigte sie. „Ich glaube zwar, dass ich auch so mit dem Kerl fertig geworden wäre, aber man weiß ja nie. So war es jedenfalls besser. Allerdings glaube ich nicht, dass der Fremde zufällig da war."

„Wie kommst du darauf?", fragte er nach.

Sie zuckte mit den Achseln. „Weiß nicht, nur so ein Gefühl eben."

„Wie sah der denn aus? Kam er dir irgendwie bekannt vor?"

Ulla schüttelte den Kopf. „Ich glaube, ich habe den noch nie gesehen. Ein hübscher Kerl. So um die dreißig, blonde, kurze Haare, blaue Augen. Er trug Jeans und eine dunkle Jacke. Ich schätze, er war in etwa so groß wie du."

„Vielleicht meldet er sich ja wieder. Wollen wir jetzt was essen, oder ist dir der Appetit vergangen?"

„Wo denkst du hin. Ich habe Hunger wie ein Wolf, aber ich muss mich vorher noch duschen, dauert keine fünf Minuten. Du kannst ja schon mal loslegen."

Leyendecker stellte einen Topf mit Wasser auf den Herd, halbierte drei Knoblauchzehen und schnitt drei Scheiben Frühstücksspeck in Stücke. Als das Wasser kochte, salzte er ordentlich und legte die Nudeln hinein. Speck und Knoblauchzehen gab er mit Olivenöl in eine Pfanne und schaltete mittlere Hitze an. Er schlug drei Eier in eine Schüssel, fügte einen Esslöffel Sahne hinzu, würzte mit Salz, Pfeffer und Muskat und verrührte alles. Dann rieb er noch eine Portion kräftigen Bergkäse, den er dem obligatorischen Parmesan vorzog.

Ulla kam aus dem Bad. Sie trug wieder diesen weißen Frotteemantel mit der Aufschrift eines bekannten Berliner Hotels. Leyendecker gegenüber hatte sie vehement bestritten, dass sie den Mantel für lau mitgenommen hatte. Sie bestand darauf, dass sie ihn ordnungsgemäß bezahlt hatte. So ganz sicher war er sich nicht, ob er ihr glauben sollte. Um den Kopf hatte sie ein blaues Handtuch geschlungen.

„Komm setz dich. Ich bin gleich fertig", forderte er sie auf. Er entfernte die Knoblauchzehen aus der Pfanne, goss die Nudeln ab, wobei er darauf achtete, dass etwas von dem Kochwasser übrig blieb, gab die Nudeln mit dem Rest Wasser in die Pfanne, schüttete die Eiermischung darüber und mischte alles gründlich durch. Er verteilte dann die Bandnudeln Carbonara auf zwei Teller und streute den geriebenen Bergkäse darüber. „Was trinken wir?", fragte er. „Gianti?"

„Ach nein", wehrte sie ab. „Carbonara bedeutet ja wohl nach Art des Köhlers, glaube ich zumindest. Und diese Köhler waren doch wohl eher derbe Burschen. Da erscheint mir ein Pils angebracht."

„Es ist genug im Kühlschrank", erwiderte er.

Nach dem Essen reckte sie sich genussvoll. „Es war mal wieder gut. Irgendwie fühle ich mich verspannt, ob du mir mal Nacken und Schultern massieren könntest?"

Leyendecker kam dieser Bitte gerne nach.

„Ich glaube, das war nicht die Schulter", sagte Ulla.

Alex Hilperts Computer war bereits am frühen Morgen nach Mainz gebracht worden. Ulla hielt die Ereignisse des vergangenen Abends mit dem Diktiergerät für das Protokoll fest. Leider hatte die Überwachungskamera nicht funktioniert, aber Ullas Aussage würde ja wohl ausreichend sein. Leyendecker rief gerade seine Mailbox auf, vielleicht gab es ja schon Nachrichten von den Kollegen aus Frechen, als Dr. Walther sein Zimmer betrat. Leyendecker hatte noch nie mit dem Anwalt zu tun gehabt. Dr. Walther machte äußerlich einen unscheinbaren Eindruck. Seine bisherigen fünfzig Jahre hatten einige Falten in der blassen Gesichtshaut zurückgelassen und seine mittelblonden Haare merklich ausgedünnt. Die goldene Nickelbrille und der Anzug von der Stange, der um den dürren Körper schlabberte, hoben sein Erscheinungsbild nicht gerade an. Dem Rechtsanwalt eilte jedoch der Ruf voraus, ein ausgefuchster Vertreter seines Standes zu sein. Er legte eine Vollmacht auf Leyendeckers Schreibtisch. „Darf ich mich setzen?", erkundigte er sich. „Wie Sie aus der Vollmacht ersehen, hat Frank Bertram mich beauftragt, seine Interessen wahrzunehmen."

Leyendecker deutete auf den Stuhl vor seinem Schreibtisch. „Die zuständige Beamtin ist Frau Stein."

„Wir wissen doch beide, dass Frau Stein zu sehr in den Fall involviert ist", warf Walther ein. „Ich glaube es ist in Ihrem Sinne, hier gar nicht erst den Eindruck einer Interessenkollision aufkommen zu lassen."

Das war nun nicht ganz von der Hand zu weisen. Obwohl er sich möglicherweise wieder Ärger mit Ulla einhandelte, sagte Leyendecker:

„Da mag was dran sein. Also, was kann ich für Sie tun?"

„Sagen Sie doch erst einmal, wie Sie sich den weiteren Verlauf vorstellen", schlug der Anwalt vor.

„Da muss ich nicht lange überlegen", erklärte Leyendecker. „Was jetzt kommt, ist Routine. Ihr Mandant hat mehrfach seinen Hang zur Gewalttätigkeit unter Beweis gestellt. Es ist an der Zeit, die Öffentlichkeit vor ihm zu schützen. Ich werde mich mit der Staatsanwaltschaft in Verbindung setzen und diese bitten, einen Haftbefehl zu beantragen. Vermutlich wird die dann meiner Bitte Folge leisten."

Ein leichtes Lächeln erschien auf Dr. Walthers Gesicht. „Ich fürchte, so einfach wird das alles nicht sein. Ich denke doch, Frau Stein hat Sie unterrichtet, was genau vorgefallen ist."

„Natürlich!", Leyendecker war brüskiert. Worauf wollte der Kerl hinaus?

Das Lächeln war immer noch im Gesicht des Rechtsanwalts. „Nun, vielleicht darf ich Ihnen mal schildern, wie sich das alles aus der Sicht meines Mandanten zugetragen hat?"

Leyendecker lehnt sich zurück und machte eine auffordernde Handbewegung. „Ich bitte darum."

„Gestatten Sie, dass ich etwas weiter ausf hole. Dank des Engagements Ihrer Kollegin, Frau Stein, das ich hier nicht weiter bewerten möchte, ist mein Mandant derzeit praktisch obdachlos. Er war daher gezwungen, sich vorübergehend eine neue Bleibe zu suchen und ist in der Pension Iris, die, wie Sie sicher wissen, am Bachweg liegt, fündig geworden."

„Soweit kann ich Ihnen folgen", warf Leyendecker ein. „Ich weiß nur nicht, was das alles zur Sache tut."

Der Anwalt hob die linke Hand. „Warten Sie, ich komme gleich zum Wesentlichen. Unglücklicherweise, oder sagen wir glücklicherweise für die Pensionswirtin, ist die Pension Iris derzeit voll belegt. Wenn mein Mandant dann von der Arbeit kommt, sind alle Parkplätze besetzt. So war es zumindest gestern Abend. Er parkt dann seinen Wagen im Parkhaus."

„Das ist ihm unbenommen", erklärte Leyendecker.

„Nun, das erklärt zumindest seine Anwesenheit dort. Er hatte gerade sein Auto geparkt, als er Frau Stein bemerkte. Er ist dann auf Frau Stein zugegangen, um mit ihr zu reden. Doch plötzlich hat er einen Schlag verspürt und das Bewusstsein verloren. Als er wieder zu sich kam, kniete Frau Stein auf ihm und fesselte ihn mit diesem Utensil aus dem Baumarkt. Wer meinen Mandanten geschlagen hat, kann dieser nicht sagen. Vielleicht war es Frau Stein, aber das will ich hier nicht behaupten. Jedenfalls erstatte ich hiermit Anzeige gegen unbekannt."

Leyendecker verschlug es die Sprache. Er hatte ja schon viele Ausreden gehört, aber eine solche hanebüchene Geschichte war ihm selten untergekommen. „Sie erwarten doch nicht von mir, dass ich darauf antworte? Wenn Sie noch einen Augenblick im Flur warten, ist das Protokoll geschrieben, und Sie können nachlesen, was sich wirklich abgespielt hat. Und jetzt lassen Sie mich bitte allein. Ich habe noch zu tun." Leyendecker zeigte auf die Tür.

Der Rechtsanwalt erhob sich. „Mit Verlaub, Herr Leyendecker, ich glaube, Sie sind ein schlechter Verlierer."

Leyendecker war noch immer perplex, als Dr. Walther gegangen war. So aberwitzig, wie die Story war, erschien es ihm durchaus möglich, dass die damit durchkamen. Er hatte die Erfahrung gemacht, dass viele Organe der Rechtspflege, die Rechte von Gaunern und Verbrechern höher bewerteten, als den Schutz der Öffentlichkeit vor eben diesen. Er wollte sich gar nicht ausmalen, wie Ulla darauf reagieren würde, falls es soweit käme.

Jedenfalls brauchte er erst einmal frische Luft. Er kaufte sich die heutige Ausgabe des Kölner Boulevardblattes und setzt sich auf eine Bank im Burggarten. Er fand Danika Adlers Artikel auf der zweiten Seite. Im Wesentlichen entsprach er dem, was ihm die Redakteurin angekündigt hatte. Natürlich wurden die Verdienste der Zeitung beim Auffinden der Eltern hinreichend gewürdigt. Man konnte fast den Eindruck gewinnen, das Blatt hätte die beiden Morde bereits aufgeklärt. Aber so weit war es noch lange nicht.

Alles in allem ging ein bescheidener Tag zu Ende. Obwohl sie jetzt die Identität des jungen Toten kannten, waren sie keinen Schritt weiter gekommen. Für Leyendecker war der Grund für die Anwesenheit des jungen Mannes die eigentliche Gretchenfrage. Ob dessen Computer oder dessen Bankbelege hierüber Auskunft geben konnten, war wohl eher zweifelhaft. Die Luft war im Laufe des Tages immer schwüler geworden, bis dann am späten Nachmittag ein heftiges Gewitter ausbrach, welches zu einem Temperatursturz von mehr als zehn Grad führte. So in etwa um diese Zeit hatten sie Bertram auf Anordnung der Staatsanwaltschaft aus der Haft entlassen müssen. Sowohl Leyendecker als auch Ulla Stein hatten sich geweigert, das persönlich zu übernehmen. So hatte ein Uniformierter die Zellentür mit den Worten: „Sie können gehen", aufgeschlossen.

Zu Leyendeckers Verwunderung hatte Ulla das einigermaßen gelassen hingenommen. Allerdings hatte sie irgendetwas gemurmelt, das Leyendecker so interpretierte, als erwäge sie ernsthaft, den Dienst bei der Polizei hinzuschmeißen und bei einem Sicherheitsdienst anzuheuern. Angebote dieser Art hatte es für sie beide in der jüngeren Vergangenheit mehrere gegeben. Bisher hatte keiner von ihnen das wirklich ernsthaft in Erwägung gezogen, und Leyendecker hoffte, dass dies auch weiterhin so bleiben würde.

Am Abend blätterte Ulla dann in diesem Buch, in dem der Altbundeskanzler mit Freund und Feind abrechnete und sich nach wie vor mit seinem Ghostwriter stritt, ob dieser die verwendeten Zitate veröffentlichen dürfe.

Leyendecker nahm sich noch mal seine Gitarre vor. Eigentlich klappte das noch ganz gut, obwohl er das Spiel in letzter Zeit ziemlich vernachlässigt hatte. Lediglich seine Fingerkuppen schmerzten, weil sich die Hornhaut inzwischen zurückgebildet hatte.

Gegen zehn Uhr erklang dann der Klingelton von Leyendeckers Handy, immer noch der alte Song der Stones. „Wer wird das denn um diese Zeit sein?"

„Mühlbeck", meldete sich ein junger Kollege. „Entschuldigung Chef, dass ich Sie so spät noch störe …"

„Sie stören nicht, Herr Mühlbeck", unterbrach Leyendecker. „Was gibt es?"

„Es ist vielleicht blöd", begann er zögerlich, „eigentlich ist das unmöglich."

„Na los, raus damit!", forderte Leyendecker ihn auf.

„Wir sollten doch ein Auge auf das Haus der Bertrams haben. Es war vielleicht unnötig, trotzdem sind wir heute noch mal da hergefahren und da hatten wir den Eindruck, dass der Wagen von Frank Bertram fortfuhr. Kann ja gar nicht sein, der sitzt ja. Wir haben geschellt und geklopft, keiner hat aufgemacht."

„So ein Mist!", fluchte Leyendecker. „Die Kommunikation unter zwanzig Polizisten ist wohl nur noch mit einem Kindergarten zu vergleichen, der Stille Post spielt! Nein, Sie sind nicht gemeint, Herr Mühlbeck! Hat Ihnen denn niemand gesagt, dass wir den Bertram rauslassen mussten? Sie müssen sofort da rein, egal wie! Brechen Sie notfalls die Tür auf! Wir kommen!"

Ulla, die alles mitbekommen hatte, warf sich eine Jacke über und zog Sportschuhe an. Leyendecker folgte ihr zum Auto. Es nieselte und es kam ihnen nach der Hitze der vergangenen Tage bitterkalt vor.

Sobald er saß, wählte er die 112. „Wir brauchen sofort einen Notarztwagen nach Atzelgift in die Elsterstraße! Ihre Leute werden das Haus gleich erkennen. Es steht ein Streifenwagen davor."

„Wenn sie einfach nur bei den Nachbarn ist?", fragte Ulla.

„Dann zahle ich den Einsatz des Notarztwagens gern aus meiner Tasche", entgegnete er. „Ich fürchte nur, das werde ich nicht brauchen.

Die wenigen Kilometer von Hachenburg nach Atzelgift erschienen ihnen unerträglich lang, bis sie ihr Ziel erreichten.

Das Haus war hell erleuchtet. Die Haustür stand offen und das Licht fiel bis auf den durch den Regen schwarz gefärbten Gehsteig. Auf dem akkurat gemähten Rasen sahen sie einen Uniformierten, der sich erbrach. Neben der Haustür stand, sichtlich nach Fassung ringend, Mühlbeck. Sein Gesicht hatte eine graugrüne Färbung angenommen. Jacke und Hose waren voller Blut. Unfähig, auch nur ein Wort zu sagen, deutete er ins Innere des schmucken Einfamilienhauses. Bereits bevor sie das Haus betraten, bemerkten sie die blutigen Fußspuren und sahen hier bereits ihre schlimmsten Befürchtungen bestätigt.

Sie stürmten an dem uniformierten Kollegen vorbei, Ulla vorneweg. In der geöffneten Wohnzimmertür blieb sie abrupt stehen. „Wir werden den Notarzt nicht mehr brauchen", flüsterte sie kaum hörbar.

In einer riesigen, fast kreisrunden Blutlache, lag Silke Bertram. Ihr Kopf war seltsam verdreht. Ein tiefer Schnitt führte von einem Ohr zum anderen. Es schien so, als stünde das Entsetzen noch in den weit aufgerissenen Augen. Unschwer war zu erkennen, dass hier jede Hilfe zu spät kam. Die Scheibe der Terrassentür war zerbrochen. Die Scherben lagen innen. Von dort führten Fußspuren zur Toten und dann weiter bis zur Haustür. Vermutlich waren die Kollegen durch die Terrassentür ins Haus gelangt. Sie hatten wohl nicht lange gezögert und die Scheibe eingeschlagen. Und sicher waren da nicht nur die Spuren der beiden Polizisten, sondern auch die des Mörders, und es bestanden wohl keine Zweifel, wer das war.

Ulla machte Anstalten, zur Leiche hinzugehen.

Leyendecker hielt sie an der Schulter fest. „Bleib hier, du kannst doch nichts mehr machen. Da kommt jede Hilfe zu spät. Lass uns die Spurensicherung anrufen. Aber vorher gebe ich die Fahndung nach dem Schwein heraus." Leyendecker ging ins Freie und rief die Dienststelle an. „Gebt sofort eine Fahndung nach Frank Bertram heraus! Persönliche Daten und Bild findet ihr im Computer. Vermutlich ist er mit einem Mercedes der E-Klasse unterwegs, WW-FB-475, ich nehme an, die Leute von Daimler haben die Farbe saharabeige oder so ähnlich genannt. Last sofort alle, die Bereitschaft haben, antreten, und versucht auch, die Kollegen, die keine Bereitschaft haben, aus dem Bett zu trommeln! Ich will, dass heute Nacht alle Streifenwagen besetzt und auf der Suche sind!"

Ulla stand immer noch bewegungslos in der Wohnzimmertür. Sie war wütend und fühlte sich gleichzeitig hilflos. Das Leben von Silke Bertram war unwiderruflich zu Ende. Hätte sie den Tod der Frau verhindern können? Würde sie noch leben, wenn die Polizei intensiver nach dem Fremden gesucht hätte? Wäre dadurch die Freilassung von Bertram verhindert worden? Fragen, auf die sie jetzt keine Antwort finden würde. Was blieb, war den Täter seiner gerechten Strafe zuzuführen. Inzwischen war der Notarztwagen eingetroffen, jedoch kurz darauf unverrichteter

Dinge wieder davon gefahren. Die Spurensicherer hatten mit ihrer Arbeit begonnen.

Für Leyendecker und Ulla gab es nichts zu tun. Er bat Mühlbeck noch, den Tatort mit Flatterband abzuriegeln und die neugierigen Anwohner, die sich inzwischen zahlreich versammelt hatten, etwas zurückzudrängen. Dann fuhren sie zurück zur Dienststelle, um aus erster Hand auf irgendwelche Hinweise und Beobachtungen reagieren zu können.

Zunächst verlief die Nacht ziemlich ereignislos. Frank Bertram blieb verschwunden. Eigentlich konnte man wohl davon ausgehen, dass er das Weite gesucht hätte, sich irgendwo bei Bekannten verkrochen oder gar ins Ausland abgesetzt hätte. Aber Leyendecker glaubte nicht so recht daran. Bertram hatte alles verloren und er schien davon besessen, sich an allen zu rächen, die er für die Verantwortlichen hielt. Zuerst war ihm seine Frau zum Opfer gefallen. Wer war wohl als Nächstes dran. Für Leyendecker lag die Antwort auf der Hand. Der Verrückte hatte Ulla bereits zweimal angegriffen und war jetzt wohl endgültig ausgerastet. Leyendecker glaubte Ulla in Gefahr, verschwieg ihr jedoch diese Überlegungen, da sie dies wahrscheinlich als Quatsch abgetan hätte.

Es war so gegen drei Uhr, trotz des vielen Kaffees fielen Leyendecker gelegentlich die Augen zu. Als er hochschreckte, sah er aus dem

Fenster. Ulla lief dort über den Parkplatz. Irgendetwas trug sie in der Hand, Leyendecker konnte aber nicht erkennen, was das war. Leyendecker klopfte an das Fenster. Entweder hörte sie ihn nicht oder wollte ihn nicht hören. Jedenfalls warf sie den Gegenstand in den Kofferraum ihres Mini und brauste davon. Leyendecker schaute ihr verdattert hinterher. Was war das nun schon wieder? Manchmal konnte einen diese Frau zur Verzweiflung bringen.

Er ging zur Wachstube. „Ich habe eben Frau Stein wegfahren sehen. Kann mir irgendjemand sagen, wo die Frau hin will?"

Der Wachhabende schüttelte den Kopf. „Das hat sie nicht gesagt. Sie kam nur und war ziemlich hektisch, hat nach einem Bolzenschneider verlangt, den habe ich ihr besorgt. Dann ist sie weg. Keine Ahnung wohin."

Leyendecker war völlig perplex. Was wollte sie mitten in der Nacht mit einem Bolzenschneider? „Sie muss doch irgendetwas gesagt haben. Ist irgendetwas vorgefallen? War irgendetwas ungewöhnlich?"

„Ungewöhnlich war, dass sie einen Bolzenschneider verlangt hat. Aber sonst … Ich habe ihr diesen Anruf verbunden. Dann ist sie auch gleich gekommen und hat den Bolzenschneider verlangt."

Na klar. Das war es. Ullas seltsames Verhalten musste mit diesem Anruf zusammenhängen. „Was war das für ein Anruf?", erkundigte Leyendecker sich. „Wer hat angerufen und was wollte der? Was hat er Ihnen gesagt? Schnell! Das ist wichtig!"

„Nun ja, da hat ein Mann angerufen und sagte, er hätte vielleicht Informationen über Bertram."

„Wer war der Mann?"

„Keine Ahnung, ich habe ihn ja gleich verbunden."

„Rufen sie ihn an und verbinden sie ihn mit mir!", befahl Leyendecker. „Die Nummer ist ja gespeichert. Ich bin in meinem Zimmer."

Der Anrufer stellte sich als Ortsbürgermeister von Atzelgift heraus.

Leyendecker stellte sich vor. „Entschuldigung, dass ich Sie nochmals störe, aber da Ihr Anruf bei uns noch nicht so lange her ist, gehe ich davon aus, dass Sie noch nicht geschlafen haben."

„Das sehen Sie richtig", bestätigte der Mann, der sich als Alfred Kohlhas zu erkennen gab. „Das ganze Dorf ist aufgrund der schrecklichen Ereignisse in heller Aufregung."

„Weshalb ich anrufe", fuhr Leyendecker fort. „Sie haben vorhin mit meiner Kollegin gesprochen. Vielleicht sind Sie so freundlich und wiederholen, was Sie der gesagt haben."

„Aber gerne. Ich glaube zwar nicht, dass das irgendwie von Bedeutung ist …"

„Alles kann wichtig sein, aber fahren Sie doch fort."

„Das ist so, der Bertram, der hat doch von seinem Onkel zwei Weiher geerbt. Ich war mit meiner Frau einmal dort eingeladen. Das hat mir auch gereicht, richtig sympathisch war der ja nie. Also, auf diesem Grundstück steht auch so eine Gerätehütte, aber wie das meistens so ist, hat der Onkel die zu einem Wochenendhaus ausgebaut. Sicher hat der keine Genehmigung dafür."

„Das ist auch jetzt zweitrangig", warf Leyendecker ein. „Wo befindet sich diese Hütte?"

„Sie wissen doch, wo in Hachenburg im Ortsteil Altstadt dieses große Spielzeuggeschäft ist."

„Natürlich weiß ich das", bestätigte Leyendecker. „Das ist ja kaum zu übersehen."

„Also, man fährt dort von der Bundesstraße ab. Dann biegt man gleich rechts ab und fährt durch dieses kleine Industriegebiet."

„Natürlich, die Weiher in der Seelbach! Entschuldigen Sie, dass ich das Gespräch jetzt so plötzlich unterbreche. Ich habe es eilig. Danke, Sie haben uns sehr geholfen."

Leyendecker kannte die Weiher sehr gut, hatte er doch als Kind oft in der Nähe gespielt. Damals war das Areal noch nicht so sehr abgesichert gewesen und sie hatten auch öfter auf den Weihern mit einem selbst gebauten Floß gefahren. Heute konnte man nur sehr schwer auf das Gelände vordringen, da es mit einem massiven Tor und hohen Zäunen gesichert war. Auch Ulla kannte sich dort gut aus, führte doch eine ihrer

Joggingstrecken dort entlang. Nun machte es auch Sinn, dass sie einen Bolzenschneider gefordert hatte. Leyendecker nahm sich vor, sofern diese Sache glimpflich ausgehen würde, sie ernsthaft wegen ihres Alleingangs zur Rede zu stellen. Jetzt war es allerdings an der Zeit, der unvorsichtigen Hauptkommissarin zur Hilfe zu eilen, bevor die noch mehr Mist baute.

Er eilte in die Wachstube und war überrascht, dass er da auf Berger traf. „Was machst du denn hier, Karlchen? Ich denke ihr seid alle auf Streife."

„Sind wir auch, Chef", antwortete Berger und deutete in Richtung der Toiletten. „Kurze Unterbrechung, der Jonas, ich glaube, der hat was Falsches gegessen."

„Ist auch egal. Das trifft sich gut. Du hast doch den Wagenschlüssel? Komm mit!"

Eilig liefen sie zu Bergers Streifenwagen. „Wohin?", fragte Berger, während er den Anlasser betätigte.

„Die Weiher in der Seelbach. Gut möglich, dass sich Bertram dort aufhält. Und Ulla ist auch auf dem Weg dorthin."

Berger pfiff durch die Zähne. „Wieder mal ein Alleingang der jungen Dame. Ich muss schon sagen, du hast die Frau nicht im Griff, Christoph."

„Für deine Späße ist später Zeit. Gib Gas, mach zu, dass wir da hinkommen! Wer weiß, was Ulla vorhat."

„Wie sollen wir da rein kommen? Wenn ich das recht in Erinnerung habe, ist doch alles mit hohen Zäunen abgesperrt."

„Wir gehen da rein, wo Ulla rein ist. Sie hat einen Bolzenschneider mit."

„Cleveres Mädchen", stellte Berger fest.

„Mach das Licht aus!", forderte Leyendecker, als sie die Bebauung verließen. „Er darf uns nicht entdecken."

Aufgrund des Regens gab es keinerlei Mondlicht und der geteerte Feldweg war kaum zu erkennen. Rechter Hand war eine große Feldscheune, die sie als mächtigen Schatten wahrnahmen. Die Mutterkuhherde, die in der Nähe graste, verschwamm in der Dunkelheit mit den von dem kleinen Bach heraufziehenden Nebelschwaden zu einer undefinierbaren Masse.

Plötzlich rumpelte es. „Mach die Zündung aus!", forderte er. „Du hast dich festgefahren. Wenn du versuchst, da raus zu kommen, hört man das Heulen des Motors mit Sicherheit da unten. Wir müssen zu Fuß weiter." Leyendecker versank bis zu den Knöcheln im Schlamm, als er aus dem Fahrzeug stieg. Noch gestern war alles staubtrocken. Es blieb aber keine Zeit zum Lamentieren. In ein paar Minuten würden sie ohnehin völlig durchnässt sein und eine Erkältung war das Geringste, was ihnen bei dieser Aktion zustoßen konnte. Sie durften keine Zeit verlieren. Also weiter und möglichst auf dem schmalen geteerten Feldweg bleiben.

Kurz darauf stießen sie auf Ullas Mini. „Du hattest recht, Christoph", flüsterte Karlchen, „sie ist hier."

Leyendecker drückte die Klinke des schweren eisernen Tores. Verschlossen, wie nicht anders zu erwarten. Vom Tor aus konnten sie das Holzbohlenhaus sehen. Türen und Fenster waren verschlossen, aber durch Ritze in den Läden war Lichtschein zu erkennen. Bis zu ihnen war das leise Wummern eines Generators zu vernehmen.

„Und jetzt?", fragte Berger.

„Wir müssen da rein, und zwar sofort", antwortete Leyendecker. „Irgendwo wird Ulla ja da rein sein."

„Fragt sich nur wo", brummelte Berger. „Es ist stockduster."

„Dann fühl halt am Zaun, ob du eine Öffnung findest. Du gehst links und ich rechts." Plötzlich trat Leyendecker auf einen Gegenstand, der sicher nicht hierher gehörte. Er bückte sich und hatte den Bolzenschneider in der Hand, den Ulla wohl hier zurückgelassen hatte. Und da war dann gleich auch die Öffnung im Zaun.

Spätestens als Ulla den sandfarbenen Mercedes fand, der neben der Hütte stand, war sie sich sicher, dass sie Bertram gefunden hatte. Sie lud die Waffe durch, wobei sie die Walther unter ihre Jacke schob, um möglichst wenig Geräusch zu verursachen. Sie versuchte, durch die Ritze der Läden in das Innere zu sehen, konnte aber nur einen Teil Bertrams sehen. Er schien an einem Tisch zu sitzen und schaute in Richtung Tür. Spätestens jetzt wäre es vernünftig, Verstärkung zu rufen. Sie hatte den Mörder gefunden und der saß in der Falle. Wo wollte der hin, wenn sie vor der Tür mit einer Waffe auf ihn wartete. Aber Ulla wollte nicht vernünftig sein. Ich bringe das zu Ende, hier und jetzt, dachte sie.

Sie riss die Tür auf. „Hände hoch, keine Bewegung Bertram! Sie sind festgenommen!"

Wenn Sie erwartet hatte, Bertram würde erschrocken aufschrecken, so wurde sie enttäuscht. Er saß an dem Tisch aus groben Fichtenbrettern und lächelte. Er hatte sich noch nicht einmal die Mühe gemacht, die Blutspritzer seiner Frau aus seinem Gesicht zu entfernen. Auch die Haare und das weiße Hemd, das er trug, waren mit Blut besudelt. In Kombination mit dem teuflischen Lächeln wirkte die Szenerie dämonisch und düster. Ulla konnte sich der gespenstischen Stimmung nicht entziehen. Es war, als strich eine kalte Hand über ihren Rücken.

Besonders bedrohlich war jedoch die doppelläufige Schrotflinte, die dort auf dem Tisch lag, Bertrams Finger am Abzug. Mit leiser Stimme begann er zu sprechen: „Wie ich sehe, haben Sie mich gefunden, Frau Stein. Ich habe Sie kommen sehen und auf Sie gewartet. Mein Onkel war auch Jäger. Von dem habe ich die Waffe und ein Fernrohr mit Restlichtverstärker. Jetzt kann ich beides gut gebrauchen." Mit einer Kopfbewegung bat er sie herein. „Schließen Sie die Tür hinter sich und setzen Sie sich zu mir! Es tut mir leid, dass ich Ihnen nichts anbieten kann, aber ich hatte keine Zeit, einzukaufen. Ist das hier eine klassische Pattsituation? Sie spielen doch Schach, Frau Stein? Nein, das ist kein Patt. Die Stellung von Weiß ist klar überlegen und Weiß ist am Zug. Schwarz ist in wenigen Zügen matt. Und das liegt nicht nur daran, dass auf diese Entfernung die Schrotflinte Ihrer Pistole überlegen ist, ich kann Sie praktisch nicht verfehlen. Nein, ich weiß, dass ich diese Hütte nicht lebend verlassen werde, und das ist mir egal. Während Sie doch sicher an Ihrem Leben hängen." Bertram sagte das alles völlig emotionslos mit klaren Worten. Kein Zittern war in seiner Stimme zu hören. Lediglich das ständige Flackern in seinen Augen ließ erkennen, dass er offenbar völlig wahnsinnig war.

Ulla gab sich keiner Illusion hin, wenn kein Wunder geschah, war sie hier am Ende ihres Weges angekommen. Viel zu früh, aber es war wohl nicht zu ändern. Wer aufgibt, hat schon verloren. Warum kam ihr dieser blöde Spruch jetzt in den Sinn? Wenigstens in einer solchen Situation hätte ihr Verstand sie doch vor einer solchen Plattitüde schützen können. Unwillkürlich musste sie lächeln.

„Sie lächeln, Frau Stein? Finden Sie das so lustig? Schön, dass ich Ihnen noch einmal eine Freude machen konnte."

Ulla schüttelte den Kopf. „Nein, lustig finde ich das hier ganz und gar nicht. Was Sie getan haben, ist schrecklich und Sie werden sich dafür verantworten müssen. Aber es gibt immer einen Ausweg. Sie brauchen Hilfe und die können Sie bekommen."

„Lassen Sie das!", unterbrach er sie ungehalten. „Hat man Ihnen diesen Blödsinn auf der Polizeischule beigebracht? Sie enttäuschen mich, Frau Stein. Von Ihnen hätte ich mehr erwartet."

Langsam machte sich ein unsäglicher Zorn in ihr breit. Zorn auf sich, weil sich erst durch bodenlosen Leichtsinn in diese hoffnungslose Situation gebracht hatte. Aber noch mehr war sie auf ihr Gegenüber wütend. Da saß ein Frauenmörder. Sie konnte die selbstgerechte Art dieses Idioten einfach nicht mehr ertragen. „Dann bringen Sie es doch zu Ende, Sie widerliches Scheusal!", schrie sie. „Wenn Sie glauben, dass ich hier vor Ihnen zu Kreuze krieche, haben Sie sich getäuscht! Diesen Triumph gönne ich Ihnen nicht!"

Bertram nickte. „Bravo …"

Dann ging alles blitzschnell. Der Laden des Fensters rechts von Bertram ging mit einem lauten Krachen zu Bruch und Leyendeckers Kopf erschien dort. In einem plötzlichen Reflex richtete Bertram die Flinte dorthin und feuerte. Der Knall war in dem kleinen Raum ohrenbetäubend.

Ulla merkte nicht, dass sie den Abzugsfinger krümmte, und hörte auch den Mündungsknall ihrer Pistole nicht. Sie sah nur, wie Bertram mitsamt seinem Stuhl auf die Erde schlug. Sein Hinterkopf fehlte. Leyendeckers Oberkörper erschien dort, wo eben noch das Fenster war, die Waffe im Anschlag. Hinter ihr wurde die Tür aufgerissen und Berger stürmte in den Raum. Es war zu Ende.

Leyendecker blies sofort die Fahndung ab. Ulla schickte er nach Hause. Die weigerte sich zunächst, gab aber schließlich doch nach. Er blieb vor Ort und kümmerte sich um alle Formalitäten, schließlich musste ja auch hier die Spurensicherung eingeschaltet werden. Die nahm auch Ullas Waffe und die Schrotflinte mit. Mithilfe der Kollegen war es kein Problem für Berger, den Dienstwagen aus dem Schlamm zu befreien. Der musste allerdings einer gründlichen Wäsche unterzogen werden. Als Berger Leyendecker schließlich nach Hause brachte, ging die Sonne auf und der Himmel war blutrot. Diesen Tag würde es also wieder regnen.

Als er nach Hause kam, saß Ulla noch im Wohnzimmer. Vor ihr stand eine Flasche Merlot, in der nur noch ein kümmerlicher Rest war. Er erzählte ihr, wie sie ihr gefolgt waren und dass der Fensterladen Karlchens rohen Kräften und dem Bolzenschneider zum Opfer gefallen war.

„Weißt du, Christoph, manchmal erscheint mir alles so sinnlos." Ullas Zunge schien nicht mehr ganz so beweglich zu sein.

„Wieso sagst du das jetzt?", fragte er. „Du hast den Kerl doch erwischt. Mehr konntest du doch wirklich nicht tun."

Ulla machte eine abfällige Handbewegung. „Ach der, der ist mir doch völlig egal. Der hat seine gerechte Strafe bekommen. Nein, mir geht um Silke Bertram. Wir waren nicht in der Lage, sie zu schützen. Wir kommen immer, wenn es zu spät ist. Wir sind so etwas wie Totengräber, nur dass wir besser bezahlt werden."

„Du übertreibst." Er sprach mit Absicht recht leise. „Das ist in der augenblicklichen Situation auch kein Wunder."

„Ich übertreibe nicht", erklärte sie und schenkte sich den restlichen Wein ein. *„Weist du, wir sind wie die beiden Schnecken, die versuchen zu tanzen, und sie wissen doch, dass ihnen das nie gelingen wird."*

„Ja die Schneckentänzer." Leyendecker nickte nachdenklich. *„Und trotzdem versuchen sie es immer wieder. Soll man sie nun dafür bewundern, oder über sie lachen?"*

„Und? Sollten wir uns in unser Schicksal fügen? So wie die Schneckentänzer?"

„Was können wir schon ändern? Halten wir es mit dem bekannten Philosophen Oliver Kahn: Weiter – immer weiter. Etwas anderes bleibt uns wohl nicht übrig."

Ulla deutete mit dem Finger an ihre Schläfe. „Manchmal redest einen solchen Mist, Leyendecker! Komm, lass uns ins Bett gehen!"

Kapitel 10

Als Leyendecker wach wurde, zeigte der Radiowecker elf Uhr. Schnell eine warme Dusche. Kalt genug war es ihm ja in der Nacht geworden, und er spürte bereits ein unangenehmes Zwicken im Hals. Vermutlich würde aber ein Eukalyptusbonbon ausreichen, die beginnende Erkältung aufzuhalten. Er blätterte die Zeitung durch, die Frau Hein bereits am frühen Morgen vor ihre Wohnungstür gelegt hatte. Danach machte er sich auf den Weg, frische Brötchen und Croissants zu besorgen, nachdem er sich vorher vergewissert hatte, dass noch ausreichend Honig und Erdbeermarmelade im Kühlschrank waren. Als er zurückkam, setzte er Kaffee auf und deckte den Tisch in der Küche. Als er Ulla weckte, war die auch gleich putzmunter, ein Phänomen, um das er sie besonders nach seinen Gaststättenbesuchen mit Karlchen beneidete.

Ulla verschwand erst unter der Dusche, um danach mit großem Appetit Brötchen und Croissants zu verspeisen. Sie sparte dabei nicht an Honig und Marmelade. „Die Kohlehydrate bauen einen am Morgen so richtig auf", stellte sie fest.

Leyendecker konnte mit Mühe und Not ein Brötchen ergattern. Wieder einmal hatte er Ullas

Appetit auf Süßes unterschätzt, der Appetit schlug sich jedoch in keiner Weise auf ihren Hüften nieder. Vermutlich lag das an den vielen Kilometern, die sie durch den Wald rannte. Sie hatte Leyendecker öfter animiert, sie zu begleiten, aber es war bei einigen kläglichen Versuchen geblieben. Er konnte sich nicht wirklich dazu aufraffen. „Wusstest du, dass heute Gernot Gruber beigesetzt wird?", fragte er.

Völlig erstaunt schaute sie auf. „Das ist mir neu. Ich wusste nicht mal, dass die Leiche freigegeben worden ist. Das ging aber schnell. War dir das bekannt?"

„Ich habe irgendwann eine Mitteilung bekommen, dem jedoch keine besondere Bedeutung beigemessen. Dieser Ludo Behrmann hatte wohl schon vorher einen Bestatter beauftragt und auch die Einäscherung veranlasst. Wenn man keinen Pfarrer braucht, kann die Beisetzung ja jederzeit ohne Probleme stattfinden. Man will ihn in diesem Friedwald bestatten. Seit Kurzem ist das ja auch hier bei uns möglich. Von der Beisetzung habe dann heute Morgen in der Zeitung gelesen."

„Wann ist das?", erkundigte sich Ulla. „Ich würde mir das gerne ansehen. Man weiß nie, wofür so etwas gut ist."

Leyendecker schaute auf seine Armbanduhr und musste dabei wieder einmal die Augen zusammenkneifen. Er war immer noch zu eitel für eine Brille. Vielleicht war das auch nur Bequemlichkeit. „Das ist um zwei Uhr. Da musst du dich aber sputen."

„Warum sagst du mir das nicht früher", schallt sie, während sie eilig ins Schlafzimmer lief und sich eine dunkle Jeans und einen anthrazitfarbenen Rollkragenpullover überstreifte. „Kommst du nicht mit?", erkundigte sie sich und hatte bereits die Tür in der Hand.

Aber Leyendecker wollte nicht mitkommen, musste er sich doch auf der Dienststelle sehen lassen. Die Ereignisse der vergangenen Nacht mussten zu Papier gebracht werden, wobei er noch nicht wusste, wie er Ullas Alleingang erklären sollte. Hier war wohl seine Kreativität und dichterische Freiheit gefragt. Vielleicht war es ja möglich, den Bericht etwas vage zu halten, sodass dieser durchaus Interpretationsspielraum zuließ. Irgendwas würde ihm schon einfallen. Außerdem hatte sicher schon jemand von der inneren Abteilung angerufen, falls nicht bereits einer dieser Herren vor seinem Dienstzimmer saß.

Seit 2014 hatte die Stadt auch einen Friedwald eingerichtet. Die Möglichkeit, die Asche Verstorbener in der Natur unter einem alten Baum oder bei einem markanten Stein beizusetzen, war ja immer mehr in Mode gekommen. Auch Ulla favorisierte diese Art der Bestattung. Fast wäre es ja jetzt schon so weit gewesen. Sie freute sich, dass das noch nicht der Fall war, und war optimistisch, dass sie noch einige gute Jahre vor sich hatte.

Sie steuerte ihren Mini am Burggarten vorbei. Im ersten Kreisel bog sie in die Borngasse ein, um dann den zweiten Kreisel in Richtung Alpenrod zu verlassen. Etwa fünfhundert Meter nach Ortsausgang querte die sogenannte lange Schneise die Landesstraße. Hier ging es linker Hand zum Friedwald. Der kleine Parkplatz direkt an der Straße stand voller schwerer Maschinen. Ulla war etwas spät dran. Das dumpfe Poltern schwerer Motorräder im Standgas, es waren unverkennbar Harleys, zeigte ihr den Weg. Dann traf sie schon auf eine Gruppe von etwa fünfzig Personen. Alle waren in schwarzes Leder gekleidet. Die Männer trugen das Zeichen der Apokalyptischen Biker. Alle wandten ihr den Rücken zu. Sie hatte etwas Mühe, die ganze Szenerie zu überblicken. Vor der Gruppe standen vier der legendären amerikanischen Motorräder, die vor sich hintuckerten. Davor stand ein provisorischer Tisch mit einer schwarzen Lederjacke, die das Symbol der Apokalyptischen Biker zeigte. Vermutlich war das Gernot Grubers Jacke und darunter vermutete Ulla die Urne. Ludo Behrmann stand hinter dem kleinen Tisch und hielt wohl eine Rede. Ulla verstand nichts, da sie zu weit wegstand und die Motorgeräusche Behrmanns Rede weitgehend übertönten. Behrmanns Rede war offenbar gerade zu Ende, denn er kam an den Tisch, nahm die Urne und bettete sie am Fuß eines großen Findlings. Vier der schwarz Gekleideten traten nach vorne und ließen die Maschinen Vollgas aufheulen, bevor sie die Zündung abstellten und die Motoren mit einem trockenen Husten verstummten.

Das schien das Signal zum Aufbruch gewesen zu sein. Auch Ulla machte sich auf den Weg zurück zum Parkplatz, als sie eine Stimme hörte. „Hallo Frau Stein, warten Sie bitte einen Augenblick auf mich!"

Ludo Behrmann hatte sie entdeckt. Er reichte ihr die Hand. „Schön, dass Sie gekommen sind, Frau Stein, und unserem Freund die letzte Ehre erwiesen haben. Auch wenn Ihr Kommen wohl eher dienstlich veranlasst ist."

„So ganz genau weiß ich das selbst nicht", entgegnete sie. „Aber Sie haben wohl recht. Ich hätte kaum an der Trauerfeier teilgenommen, wenn ich nicht dienstlich mit dem Fall befasst wäre."

Er sah sie lächelnd an. Wieder einmal faszinierten sie seine wasserblauen Augen. „Wie auch immer, eigentlich spielt das keine Rolle. Wir haben einen Imbiss hergerichtet. Es würde mich freuen, wenn Sie daran teilnehmen würden. Sie sind herzlich willkommen."

„Wohl eher nicht", wehrte sie ab. „Ich käme mir wie ein Fremdkörper vor."

„Das wären Sie sicher nicht. Ich glaube, dass wir uns alle freuen würden. Wie ich Ihnen schon versichert habe, stehen wir an der Seite der Polizei, zumindest in diesem Fall. Machen Sie mir doch bitte die Freude."

Warum eigentlich nicht?, dachte sie. Vielleicht würde sie ja doch etwas erfahren, was für die Ermittlungen hilfreich war. „Als gut", stimmte sie zu, „aber viel Zeit habe ich nicht."

Behrmann schien sich tatsächlich zu freuen. „Das ist schön. Sie können mit mir fahren. Ich kann Ihnen einen Helm leihen."

Das war nun doch des Guten zu viel. „Nein, nein", wehrte sie ab. Dafür bin ich doch nicht passend gekleidet. Es hat zwar die letzte Stunde nicht geregnet, aber es ist doch sehr frisch. Ich möchte mir keine Erkältung holen, falls ich das nicht bereits habe."

Wissend nickte er. „Ich habe von letzter Nacht gehört. Das muss ein schlimmes Erlebnis für Sie gewesen sein."

Sie machte eine wegwerfende Handbewegung, ging aber nicht weiter auf die Bemerkung ein. „Lassen Sie uns fahren. Dort steht mein Wagen."

„Dann bis gleich in der Morgensonne." Behrmann bestieg die Mammut. Die alte Münch war also sein Bike.

Es war ein ohrenbetäubender Lärm, weil um sie herum die schweren Motorräder angeworfen wurden. Sie konnte kaum feststellen, ob ihr Mini angesprungen war. Die ersten Biker fuhren los. Ulla wollte warten, bis alle gefahren waren und ihnen dann folgen. Aber sie forderten sie auf, sich einzureihen. Widerstrebend folgte sie. Es kam ihr doch sehr komisch vor, als gelber Punkt mit ihrem Mini in der Traube schwarzer Motorradfahrer durch Hachenburg und Nister zu fahren. So war sie doch recht froh, als sie dann bei der Morgensonne ankamen.

Die Tische im Schankraum waren zusammengeschoben, sodass sich eine große Tafel bildete. Es roch nach Gulaschsuppe. Auf dem Tisch stand ein Behältnis, was wohl ursprünglich als Einkocher gedacht war. Aus dem 50-Liter-Fass auf der Theke hatte man die ersten Krüge bereits gefüllt. AC DCs Highway to Hell ertönte aus den Lautsprechern.

Behrmann wies ihr einen Platz neben sich zu. „Sie sind nun mal ein besonderer Gast und da müssen Sie sich auch eine besondere Behandlung gefallen lassen."

Langsam wurde es ihr doch etwas unangenehm. Vielleicht war das doch keine so gute Idee gewesen. Sie nahm sich vor, baldmöglichst zu verschwinden. Einen Teller Gulaschsuppe konnte sie wohl nicht verschmähen, aber den Krug Bier lehnte sie kategorisch ab, schließlich musste sie noch Auto fahren, und sie war sich gar nicht so sicher, ob von dem Merlot nicht noch irgendwelche Restpromille vorhanden waren.

Schräg gegenüber, ziemlich am Rande der Tafel, saß ein junger Mann, der ihr irgendwie bekannt vorkam. Dann fiel es ihr ein. Der Mann aus dem Parkhaus. In Lederkluft sah der völlig verändert aus. Der gehörte also auch zu den Apokalyptischen Bikern. Das war sicher kein Zufall, dass der dort gewesen war. Hatte der sie etwa beobachtet, um so irgendwie an Informationen zu kommen? Sehr unwahrscheinlich, immerhin war sie doch gerade erst aus Frechen gekommen. Also doch Zufall oder galt sein Interesse Bertram? Sie nahm sich vor, Behrmann auf den Zahn zu fühlen, denn wenn das kein Zufall war, steckte der als Chef der Biker wohl dahinter.

Sie brauchte sich aber keine Mühe zu geben. Behrmann versuchte gar nicht erst, Informationen zurückzuhalten. „Wie ich sehe, haben Sie Daniel wiedererkannt."

„Allerdings", bestätigte sie, „und ich frage mich, aus welchem Grund er sich einfach so entfernt hat. Seine Anwesenheit hätte uns sehr geholfen und vielleicht wäre es dann gar nicht zu dieser Katastrophe gekommen."

„Da mögen Sie wohl recht haben." Der Chef der Apokalyptischen Biker schien ehrlich zerknirscht zu sein. „Ich versichere Ihnen, dass wir es sehr bedauern, dass alles so gekommen ist. Wir haben genau das Gegenteil von dem erreicht, was wir eigentlich wollten. Ich glaube da geht es uns ähnlich wie der Polizei."

Ulla sah nicht direkt, worauf er hinaus wollte und fragte deshalb nach: „Wie meinen Sie das? Was hatten Sie mit der verstorbenen Frau Bertram zu tun?"

„Ich werde versuchen, es Ihnen zu erklären. Unsere Gemeinschaft steht und fällt mit dem Zusammenhalt. Das bedeutet, dass die Gemeinschaft für jeden Einzelnen da ist, aber auch, dass jeder Einzelne sich solidarisch gegenüber der Gemeinschaft verhält. Das mag Ihnen vielleicht lächerlich vorkommen und Sie an einen Roman von Dumas erinnern, aber es ist nun mal so. Und diese Solidarität erstreckt sich nicht nur auf jedes Mitglied unserer Gruppe, sondern auch auf die Menschen, die ihm nahe sind. Kurz gesagt, Silke Bertram war die Freundin von Gernot Gruber und wir fühlten uns für sie verantwortlich. Leider sind wir dieser Verantwortung nicht gerecht geworden."

Ulla kam das alles sehr sozialromantisch vor und sie war sich nicht sicher, ob Behrmann ihr nicht etwas vormachen wollte. Vielleicht war es ja eher so, dass es für die angebliche Fürsorge handfeste Interessen gab. „Das erklärt aber nicht, dass der junge Mann so schnell verschwunden ist."

Behrmann breitete die Arme aus, vielleicht etwas zu theatralisch. „Sie hatten doch wohl alles im Griff, und ehrlich gesagt, versuchen wir wenn möglich im Hintergrund zu bleiben."

„Verzeihen Sie, aber das ist doch Blödsinn", entgegnete sie barsch. „Wenn jeder Zeuge sich so verhalten würde! Wo bleibt denn da die von Ihnen so sehr propagierte Solidarität, oder gilt die nur innerhalb der Gruppe? Die einzige logische Erklärung für mich wäre, dass er etwas zu verbergen hatte."

„Ich verstehe Ihren Ärger und der ist auch berechtigt. Daniel hat die Situation falsch eingeschätzt. Ich versuche es mal, so zu erklären. Wir hatten Silke Bertram zu schützen. Da die Gefahr lediglich von ihrem Mann ausging, lag es doch nahe, ihn einer gewissen Überwachung zu unterziehen."

So langsam dämmerte es bei der Hauptkommissarin. „Sie haben Bertram überwacht und dabei illegale Methoden angewandt, Wanzen oder so etwas, und ihr Mann hat befürchtet, dass das irgendwie rauskommt."

„Sagen wir mal so, wir hätten gewusst, wenn sich Bertram dem Haus in Atzelgift genähert hätte."

Jetzt war für Ulla alles klar. Die wollten bei Bertram einen Peilsender installieren. Vermutlich an dessen Auto. Deshalb war dieser Daniel im Parkhaus gewesen. Ob hier wohl auch der Grund für den Ausfall der Überwachungskamera lag? Unglücklicherweise hatten sie darauf verzichtet, den Sender anzubringen, nachdem Bertram festgenommen worden war. Sie konnten ja nicht wissen, dass er später auf freien Fuß gesetzt würde, und glaubten, er sei in sicherem Gewahrsam.

Anscheinend hatte er ihre Gedanken erahnt. „Die ganze schreckliche Angelegenheit wäre zu vermeiden gewesen, wenn eine gewisse Kommunikation zwischen uns und der Polizei bestanden hätte. Vielleicht sollten wir uns einmal überlegen, ob wir daran etwas ändern könnten, Frau Stein. Immerhin suchen wir ja alle noch nach dem Mörder von Gernot."

Ulla konnte es kaum glauben. Der wollte doch nicht ernsthaft vorschlagen, dass die Polizei ihre Aktivitäten mit einer Rockergruppe abstimmte. „Ich glaube, mein Chef hat Ihnen deutlich zu verstehen gegeben, dass Sie sich da raus halten sollten", erwiderte sie scharf, „und dieser Meinung schließe ich mich in vollem Umfang an. Ich glaube es war ein Fehler, hierherzukommen."

Er versuchte noch, sie aufzuhalten, aber er hatte damit keinen Erfolg. Sie schüttelte noch den Kopf über dieses Ansinnen, als sie auf dem Parkplatz der Dienststelle ankam. Aber hier wurde ihre Aufmerksamkeit gleich anderweitig in Anspruch genommen. Ein Horde Pressevertreter stürzte sich auf sie und hielt ihr irgendwelche Mikrofone unter die Nase. Unaufhörlich prasselten Fragen auf sie ein. Mühsam bahnte sie sich ihren Weg durch die Meute. Schließlich erreichte sie dann doch das Innere des Gebäudes und lehnte sich erst einmal schwer atmend gegen die Wand des Flurs.

Leyendecker kam ihr entgegen. „Eigentlich hätten wir uns das ja denken können. Entschuldige, ich hätte dich wohl vorwarnen sollen, aber das ist mir entgangen. Ich weiß nicht, wo mir der

Kopf steht. Hier geht es drunter und drüber. Ununterbrochen klingelt das Telefon. Die Presse spielt verrückt, aber unsere Vorgesetzten ebenso."

„Falls wir geglaubt haben, das würde ohne Aufsehen abgehen, waren wir ganz schön naiv. Lass mich raten. Es wird eine Pressekonferenz geben."

„Du hast wie immer recht", bestätigte er. „Das volle Programm."

„Direktion und LKA?", erkundigte sie sich.

„Sogar jemand vom Polizeipräsidium, der Pressesprecher, dieser Heller. Wenn jemand von uns einen erschießt, wird doch immer das ganz große Rad gedreht. Vom LKA kommt Hacker. Ich glaube aber der kommt nur, um uns den Rücken zu stärken. Wenn du willst, musst du nicht mit dahin, du bist schließlich Betroffene, ich kann dich da raus halten."

„Wo denkst du hin. Ich freue mich, wieder mal in der Zeitung zu erscheinen. Guck nicht so konsterniert, das war ein Scherz. Wann soll die denn stattfinden?"

„Morgen, fünfzehn Uhr, ich habe den Sitzungssaal der Verbandsgemeinde bereits reserviert."

„Das ging aber schnell. Es trifft sich allerdings ganz gut. Du kannst ja Hacker fragen, ob er nicht mit uns essen will. Ich denke, die Rehkeule reicht auch für fünf Personen und Frau Hein wird sich sicher freuen. Du hast doch an die

Rehkeule gedacht? Oder hast du das wieder vergessen?"

„Du kennst mich doch. In solchen Sachen bin ich immer zuverlässig. Ich habe beim Forstamt angerufen, und die waren so freundlich, sie direkt bei Frau Hein abzuliefern. Ich muss sie nur noch bezahlen. Das darf ich nicht vergessen, nicht dass da ein falscher Eindruck entsteht. Ich hatte den gleichen Gedanken wie du und habe Hacker gefragt, er kommt."

Der Sitzungssaal der Verbandsgemeinde war gut gefüllt. Die Sessel, auf denen sonst die Ratsmitglieder sitzen, waren alle besetzt. Sogar auf den Plätzen, die für die Besucher der Sitzungen bestimmt sind, hatten einige Pressevertreter Platz genommen. Auch zwei Kamerateams waren erschienen, eins vom Südwestfunk und eins vom Regionalsender.

Heller ergriff sogleich das Wort. „Ich begrüße Sie, meine Damen und Herren von der Presse, hiermit recht herzlich und möchte auch dem Bürgermeister der Verbandsgemeinde danken, dass er uns diesen schönen Sitzungssaal zur Verfügung gestellt hat. Damit aber genug der Vorrede, lassen Sie mich gleich zur Sache kommen. In der Nacht vom Freitag zum Samstag ist es zu einem bedauerlichen Vorfall gekommen, bei dem eine männliche Person zu Tode kam. Es wird eine Untersuchung des Vorfalls geben, ich glaube aber schon jetzt sagen zu können, dass die

Polizistin, die hier anwesende Frau Stein, in absoluter Notwehr gehandelt hat. Der Mann hatte vorher seine Frau umgebracht und war mit einer Schrotflinte bewaffnet, von der er auch Gebrauch gemacht hat. Zu den Einzelheiten kann Ihnen sicher Herr Leyendecker mehr sagen."

Leyendecker bedankte sich bei Heller. „Auch ich will versuchen, mich kurz zu fassen. Freitagabend entdeckte eine Streife in einem Haus in der Elsterstraße in Atzelgift die tote Hausherrin. Da der Ehemann dringend tatverdächtig war, wurde sofort eine Großfahndung ausgelöst, die jedoch zunächst keinen Erfolg hatte. So gegen drei Uhr erhielten wir einen Hinweis, wo sich der Tatverdächtige möglicherweise aufhalten könnte. Es handelte sich um ein kleineres Holzhaus, das innerhalb eines eingezäunten Grundstücks mit zwei Fischweihern in der Gemarkung Altstadt liegt. Wir begaben uns mit drei Personen sofort dort hin, wo wir den Gesuchten dann auch antrafen. Bei dem Versuch, ihn festzunehmen, machte er von einer mitgeführten Schrotflinte Gebrauch und wurde in Notwehr erschossen. Soviel zunächst, wir stehen jetzt für Fragen zur Verfügung."

Ein grauhaariger Mann mit eingefallenen Wangen meldete sich zu Wort. „Bitte erläutern Sie uns doch näher, wie der Versuch der Festnahme im Einzelnen abgelaufen ist."

Leyendecker nickte. „Das will ich gerne tun. Wir haben uns zunächst Zugang zum Grundstück verschafft und uns dann entschlossen, von zwei Seiten zuzugreifen, ihn praktisch in die Zange zu nehmen. Frau Stein durch die Tür und ich durchs Fenster. Der dritte Kollege war mit mir am Fenster und hat den Fensterladen aufgehebelt, während Frau Stein durch die Tür eingedrungen ist. Der Gesuchte hat dann sofort geschossen und Frau Stein war gezwungen, ihn zu erschießen."

Überraschtes Gebrummel und Gemurmel. Schließlich meldete sich der Redakteur der Heimatzeitung zu Wort. „Habe ich Sie richtig verstanden? Sie schicken ihre Kollegin durch die Tür in eine Hütte, in der sich ein Mörder mit einer Schrotflinte befindet? Wird hier ein neuer Film von Dirty Harry, oder ich sage besser Dirty Harriet, gedreht?"

Allgemeines Gelächter war die Folge. Leyendecker hob beschwichtigend die Hände. „Wir sollten diese ernste Angelegenheit doch nicht ins Lächerliche ziehen. Wir hatten keine Kenntnisse von der Schrotflinte, dies war von außen nicht zu erkennen. Wir hatten keine Veranlassung anzunehmen, dass sich der Gesuchte im Besitz einer solchen Waffe befand. Die Ehefrau wurde mit einem Messer getötet. Daher erschien uns diese Vorgehensweise angemessen."

Der junge Mann vom SWR meldete sich zu Wort. „Es heißt, der Getötete sei vorher schon gewalttätig geworden, sei aber wieder auf freien Fuß gesetzt worden. War die Streife deshalb vor Ort?"

„Kann ich bestätigen", stimmte Leyendecker zu. „Der beantragte Haftbefehl wurde verweigert. Die Streife hatte den Auftrag, eine gewisse Präsenz zu zeigen."

„Zusatzfrage: Warum wurde der Haftbefehl verweigert?"

Leyendecker zuckte lakonisch mit den Schultern. „Da bin ich der falsche Ansprechpartner."

Der Reporter blieb jedoch hartnäckig. „Darf ich Sie so verstehen, dass die Frau wohl gefährdet war, aber eine lückenlose Überwachung nicht stattgefunden hat? Die Frau könnte also noch leben?"

„Möglicherweise", erklärte Leyendecker. „Vielleicht hätte er aber auch andere Mittel und Wege gefunden."

„Darf ich hier mal einhaken?", meldete sich Hacker zu Wort. „Ist Ihnen klar, wie viel Personal eine solche Überwachung erfordert. Würde bei jeder Gefährdungslage eine solche Überwachung angeordnet, müssten wir ein Vielfaches an Polizisten haben. Wir müssen einfach damit leben, dass die Polizei nicht alles verhindern kann, ob uns das gefällt oder nicht. Gestatten Sie mir noch eine private Anmerkung: Die Polizei in Rheinland Pfalz ist chronisch unterbesetzt und das ist eine politische Entscheidung. Solange die Politiker das Geld lieber für irgendwelche Prestigeobjekte ausgeben, wird das wohl auch so bleiben."

Dafür wird er Ärger bekommen, dachte Leyendecker.

Heller ergriff das Wort. „Ich glaube nicht, dass wir hier sind, um die Entscheidungen der Landesregierung zu kommentieren." Sein Blick zeigte deutlich, dass er den Beitrag Hackers missbilligte. „Hat sonst noch jemand Fragen zur Sache?"

„Siegfried Groß von Sturm und Trank. Meine Frage lautet, ob man hier nicht etwas zu Trinken bekommen kann?"

Leyendecker lief ein kurzer Schauer den Rücken hinunter. Er kannte diese Stimme. Und tatsächlich, da saßen sie feixend in der letzten Reihe. Der vierschrötige Siggi und sein mausgesichtiger Kumpan Fred. Die zwei Tagediebe, die seit Jahren die Innenstadt Hachenburgs unsicher machten. Manche behaupteten, man hätte die beiden gegen jede der sieben Plagen Ägyptens austauschen können, die Wirkung wäre die gleiche gewesen. Siggi lachte lauthals und schlug sich auf seine dicke Wampe, die wie immer unter dem verfilzten Pullover herausragte. Fred kicherte hysterisch. Wie waren die wohl hier rein gekommen? Dann fiel Leyendecker jedoch ein, dass er nicht für die Organisation dieser Veranstaltung verantwortlich war. Heller hatte ausdrücklich darauf bestanden, seinen Adlatus mitzubringen, damit auch ja nichts schief lief. Leyendecker konnte sich ein leichtes Grinsen nicht verkneifen.

Heller schaltete jedoch schnell und sagte eine kurze Pause an, in der die Vertreter der Presse die Möglichkeit hatten, Wasser, Saft oder Softgetränke zu sich zu nehmen. Bei dieser Gelegenheit blieb auch genügend Zeit, die beiden Störenfriede zu entfernen. Deren Widerstand hielt sich auch in Grenzen, da alkoholische Getränke ohnehin nicht verfügbar waren. Sie hatten ihren Auftritt gehabt und freuten sich diebisch.

Leyendecker fand in der Pause Gelegenheit, Danika Adler zu begrüßen, die dann nach der Pause gleich das Wort ergriff. „Es gibt ja hier noch zwei weitere Todesfälle, sehen Sie, Herr Leyendecker oder Sie, Frau Stein, irgendwie einen Zusammenhang zu Freitagnacht?"

Ulla gab Leyendecker durch einen Blick zu verstehen, dass sie diese Frage beantworten würde, hatte sie doch bisher schweigend danebengesessen. „Es gibt keinerlei Anhaltspunkte, dass die Fälle irgendwie zusammenhängen." Die Beziehung Silke Bertrams zu dem toten Rocker verschwieg sie lieber. Stattdessen fuhr sie fort: „Aus unserer Sicht handelt es sich um eine reine Beziehungstat, die wohl nichts mit den beiden anderen Fällen zu tun hat. Wir wissen nicht einmal, ob diese beiden Fälle überhaupt zusammenhängen."

Auf sein Handzeichen hin erteile Heller dem Redakteur der Lokalzeitung das Wort. Leyendecker konnte sich denken, was jetzt kam. Er hatte eigentlich schon früher erwartet, dass dieser seinen Unmut über die scheinbare Bevorzugung Danika Adlers äußerte.

So kam es dann auch. „Ist die Polizei nicht gehalten, die Organe der Presse gleichzubehandeln? Wie kann es dann sein, dass sich der Herr Leyendecker mit Frau Adler, einer von mir sehr geschätzten Kollegin, und den Eltern des einen Opfers in deren Zeitung abbilden lässt, bevor irgendeine andere Kollegin oder ein anderer Kollege überhaupt erfahren hat, dass die Eltern gefunden wurden? Vielleicht wissen nicht alle hier, dass Frau Adler vorher bei unserem Blatt beschäftigt war und insbesondere durch die Berichterstattung über Herrn Leyendeckers Fälle eine ansehnliche Karriere gemacht hat."

Leyendecker ergriff das Mikrofon. „Was Sie mit dem Hinweis auf Frau Adlers Karriere andeuten wollen, kann ich hier nicht beantworten. Ich jedenfalls glaube, dass die sich nur auf ihre journalistischen Fähigkeiten gründet. Den Vorwurf, wir würden Frau Adler bevorzugen, muss ich entschieden zurückweisen. Frau Adler war diejenige, die die Eltern gefunden hat und mit ihrer Hilfe konnten wir die Identität des jungen Mannes feststellen, was uns sicher der Aufklärung des Falles wesentlich näher bringt. Falls Sie auch einmal in der Lage sein sollten, uns so wertvolle Hinweise zu liefern, bin ich gerne bereit, mich auch mit Ihnen fotografieren zu lassen. Obwohl ich mir dieses Foto nicht einrahmen würde."

Lautes Gelächter folgte und Danika Adler klatschte Beifall.

Am Abend sahen sie sich die Fernsehberichte an. Leyendecker wunderte sich nicht, dass der Auftritt von Siggi und Fred gezeigt wurde. Vermutlich mussten sich deren Kumpel beim Treff auf dem Busbahnhof die Erzählungen von dieser Heldentat noch lange anhören.

Alex Gürtler öffnete seinem Besucher die Haustür. „Schön, dass Sie es einrichten konnten, Dr. Durm. Kommen Sie doch herein. Ihren Mantel können Sie gleich hier an die Garderobe hängen." Er geleitete seinen Gast ins Wohnzimmer und deutete auf einen der schweren Sessel. „Nehmen Sie doch Platz. Darf ich Ihnen etwas anbieten?"

Dr. Durm hob abwehrend die Hände.

Aber bevor er noch etwas sagen konnte, fuhr sein Gastgeber fort. „Ich habe vorhin eine Flasche Bordeaux dekandiert. Sie müssen ein Glas probieren. Ich dulde da keine Widerrede. Besondere Ereignisse erfordern einen besonderen Tropfen."

„Aber wirklich nur ein Glas, ein kleines", gab sich Dr. Durm geschlagen. „Sie wissen, ich muss noch fahren. Aber Sie machen mich neugierig. Was ist denn nun der besondere Anlass?"

„Warten Sie es ab, einen Augenblick bitte." Gürtler eilte davon, um gleich darauf mit einer

Karaffe und zwei Rotweingläsern zurückzukommen. Er goss sich einen kleinen Schluck ein und probierte. „Hervorragend", seufzte er, während ein Lächeln über sein Gesicht huschte. „Den habe ich mir damals zum zehnjährigen Firmenjubiläum zusammen mit ein paar anderen Flaschen gekauft. Wie meine Firma ist auch der Wein gewachsen. Er ist heute praktisch unbezahlbar. Sie, Herr Dr. Durm, waren einer meiner ersten Wegbegleiter. Sie als junger Anwalt, der gerade das Studium beendet hatte und ich, der Eigentümer eines unbedeutenden Steinbruchs. Wir sind einen langen Weg miteinander gegangen, aber irgendwann enden alle Wege einmal. Ich bin alt geworden und den täglichen Kampf leid."

Der Anwalt wartete ab, bis sein Gegenüber fortfuhr.

„Ich werde mich aus der Firma zurückziehen, mit allen Konsequenzen, und dabei sollen Sie mir ein letztes Mal behilflich sein."

Dr. Durm nahm einen kleinen Schluck und lehnte sich zurück. „Auch wenn Sie in der Vergangenheit schon öfter Andeutungen in diese Richtung gemacht haben, kommt das jetzt doch etwas überraschend. So etwas will wohl überlegt sein, aber ich bin mir sicher, dass Sie sich ausgiebig Gedanken gemacht haben. Was kann ich nun konkret für Sie tun?"

„Tja, was können Sie für mich tun. Wie Sie ja wissen, habe ich keine direkten Nachfahren.

Schade, dass mein Sohn so früh und so tragisch aus dem Leben scheiden musste, das ist aber leider nicht mehr zu ändern. Bislang habe ich meinen Neffen Peter als Geschäftsführer eingesetzt. Trotzdem habe ich die wichtigen Entscheidungen getroffen. Wie soll ich es sagen, Peter ist ein akribischer Arbeiter, aber irgendwie fehlt ihm das gewisse Etwas, Charisma und Entscheidungsfreude, wenn ich das so sagen darf. Ehrlich gesagt traue ich ihm die Führung der Firma nicht wirklich zu. Und da kommen Sie ins Spiel. Ich wollte Sie bitten, als so eine oberste Instanz zu fungieren. Ich sage Ihnen kurz, was ich will. Ich will, dass die Firma weiter existiert. Ich will aber auch, dass die Renaturierung in vollem Umfang gewährleistet ist, auch bei einer eventuellen Insolvenz. Mir schwebt vor, dass die Gelder hierfür außerhalb der Firma bereitgestellt werden. Vielleicht in so einer Art Stiftung. Wie das alles zu bewerkstelligen ist, weiß ich nicht. Dafür benötige ich ja Ihren Rat. Ich könnte mir vorstellen, dass Sie meine Stimmen verwalten und dafür ein festes Gehalt beziehen. Wie gesagt, das sind nur Vorschläge."

Der Anwalt trank sein Glas leer. „Wirklich ein ausgezeichneter Tropfen", bemerkte er. „Ich weiß jetzt, was Sie wollen. Ich lasse mir Ihre Vorschläge durch den Kopf gehen. Es wird etwas dauern, bis wir ein entsprechendes Konzept ausgearbeitet haben. Ihrem Neffen wird das sicher nicht gefallen."

„Darauf kann ich wirklich keine Rücksicht nehmen. Es gibt höhere Interessen. Das wird er einsehen müssen. Darf ich Ihnen noch etwas Wein einschenken?"

„Danke nein. Sie wissen doch, der Führerschein. Sie hören von mir."

Das schlechte Wetter dauerte an. Ein eiskalter Wind sorgte dafür, dass einen die feuchte Kälte regelrecht ankrabbelte. Aber der Sommer würde ja nicht mehr lange auf sich warten lassen. Dann würden wieder alle über die unerträgliche Hitze stöhnen. Leyendecker hatte ein schlechtes Gewissen. In der letzten Zeit hatte er seine Aufgaben als Leiter der Dienststelle doch etwas vernachlässigt. Er nahm sich vor, sich doch wieder mehr der unformierten Truppe zu widmen. Aber schließlich waren da noch zwei Morde aufzuklären und eigentlich ging der allgemeine Dienstbetrieb doch nach wie vor seinen gewohnten Gang. Er schaute in sein Postfach. Da war eine Mail von Kallfoss. Er hatte die Bankunterlagen erhalten und die des Kreditkartenkontos ebenfalls. In der Hoffnung, dass sie nun etwas Licht in das immer noch tiefschwarze Dunkel der beiden Fälle bringen konnten, öffnete er den Anhang. Auf den ersten Blick war nichts Auffälliges zu erkennen. Alex Hilpert hatte regelmäßige Einnahmen, wohl von diesem Computerspiel oder der App, wie auch immer man das nennen wollte. Sein Kontostand war jetzt höher, als zu Beginn seiner

Reise. Sein Weg hatte ihn zunächst nach Skandinavien geführt, ehe er sich dann im Herbst über Polen, Tschechien, Slowakei und Österreich wieder südlichen Gefilden genähert hatte. Früher hätte er sich eine Karte Europas besorgt, und ein Fähnchen an jede Stelle gesteckt, wo laut Bankunterlagen Alex Hilpert in Erscheinung getreten war. Aber heute war diese Verfahrensweise wohl doch etwas antiquiert. Leyendecker konnte so leidlich mit den modernen Geräten umgehen, allerdings waren die meisten jungen Leute ihm da doch weit überlegen. Das ärgerte ihn zwar, war aber nicht zu ändern. Er leitete die Mail an Mark Schneider weiter. Dann suchte er den Anwärter auf und bat ihn, ein Bewegungsprofil zu erstellen.

Als er zurückkam, läutete das Telefon. Man bat ihn, Ulla zu veranlassen, sich mit dem Polizeipsychologen in Verbindung zu setzen. „Ich werde es ausrichten", antwortete er, wohl wissend, dass Ulla sich standhaft weigern würde, hatte sie doch in der Vergangenheit mehrfach erklärt, was sie von den Psychologen hielt, die sie dann despektierlich Zuckerstreuer und Gesundbeter nannte. Leyendecker teilte diese Ansichten seiner Lebensgefährtin nicht so ganz, wusste aber, dass er keine Chance hatte, sie von ihrer Meinung abzubringen.

Aber vordringlich musste er sich um ganz profane Sachen kümmern. Durch den Einsatz aller Streifenwagen in der Nacht von Freitag auf

Samstag war der ganze Schichtplan durcheinandergeraten, und es waren weitere Überstunden angefallen, und er hatte keine Ahnung, wie die Kollegen die abfeiern sollten.

So war er beschäftigt, bis Mark Schneider Vollzug meldete und ihn in den Aufenthaltsraum bat. Er bat Ulla hinzu, die maulte, warum sie nicht früher erfahren habe, dass die Bankunterlagen angekommen seien. Er beruhigte sie, indem er erklärte, er habe sie ihr schön aufbereitet präsentieren wollen, um ihr Arbeit zu ersparen.

Im Aufenthaltsraum hatte Mark Schneider einen Laptop an einen Beamer angeschlossen, der eine Europakarte an die weiße Wand warf. Darauf waren zahlreiche Dreiecke zu sehen. Die untere Ecke der Dreiecke markierte den Ort, an dem man ein Lebenszeichen von Alex Hilpert festgestellt hatte. Die seitliche Ecke zeigte, in welche Richtung er den Ort wohl verlassen hatte, und in den Dreiecken stand das Datum des Tages, an dem die Geldabhebungen, Kreditkartenzahlungen etc. stattgefunden hatten. Schneider erläuterte, dass es jederzeit möglich sei, durch Tastendruck einzelne Länder aufzurufen, oder auch wofür die Kreditkarte verwendet wurde.

Schweigend saßen sie da und ließen die Karte auf sich wirken. Vordergründig war nichts Auffälliges zu entdecken. Die Karte zeigte einfach den Reiseverlauf eines jungen Mannes, der sich ganz Europa ansehen wollte. Doch dann fiel Leyendecker etwas auf. „Wenn ich das recht sehe, sind die Lebenszeichen alle relativ dicht beieinander, ich schätze so höchstens zweihundert Kilometer auseinander. Dann erfolgt plötzlich ein großer Sprung von Spanien nach Italien und später von Italien nach Deutschland. Kann man die Buchungen irgendwie erläutern?"

„Na klar, kein Problem." Mark Schneider war sichtlich stolz auf sein Werk. „Da haben wir es ja schon. Also, die letzte Buchung in Spanien war der Flughafen in Alicante. Die nächste Buchung ist dann die Eisenbahngesellschaft in Pisa. Die letzte Buchung in Italien ist dann wiederum der Flughafen Pisa."

„Klar er hat das Flugzeug benutzt", erklärte Ulla, „Eigentlich nichts Außergewöhnliches und doch ist das seltsam, er hat doch wohl die ganze Zeit Bus oder Bahn benutzt. Warum nimmt er auf einmal das Flugzeug? Dafür muss es doch einen Grund geben."

Leyendecker dachte einen Augenblick nach. „Spekulieren wir mal. Er hat in Spanien etwas erfahren, was ihn veranlasst hat, sein ursprüngliches Vorhaben zu ändern. Was er dann in Italien erfahren hat, brachte ihn dazu, nach Deutschland zurückzukehren und nicht nur das, er kam hier zu uns, sicher nicht zufällig."

„Aber was kann das sein? Vermutlich erfahren wir das nie", zeigte sich Ulla skeptisch.

„Das ist gut möglich. Was können wir tun? Wir können sicher nicht nach Italien und Spanien fahren und versuchen, Zeugen zu finden, mit denen er über seine Pläne gesprochen hat. Allenfalls können wir mit seinen Eltern reden, vielleicht wissen die ja doch etwas, dem sie zunächst keine Bedeutung beigemessen haben. Einen Versuch ist es wert."

Frau Hilpert meldete sich sofort, offenbar hatte sie neben dem Telefon gestanden.

Leyendecker stellte sich vor. „Wir haben jetzt die Kontoauszüge Ihres Sohnes", fuhr er fort, „und da kommt uns etwas seltsam vor. Offenbar ist ihr Sohn gezielt nach Pisa geflogen. Gibt es da irgendwelche Bekannte, oder können Sie sich einen anderen Grund vorstellen, weshalb er gerade dorthin geflogen ist? Vorher ist er nämlich immer mit dem Zug oder mit dem Bus gereist."

Sie gab zunächst keine Antwort, Frau Hilpert dachte wohl länger nach. „Pisa, da fällt mir zunächst nur der schiefe Turm ein, aber sonst. Pisa, das ist doch wohl Toscana, soll ja sehr schön dort sein, aber eine besondere Beziehung dorthin hatte Alex wohl nicht. Zumindest keine von der ich weiß. Tut mir leid."

„Schade", antwortete Leyendecker, „war nur ein Versuch. Wie sieht es aus mit Alicante, Spanien, Costa Blanca."

„Costa Blanca, Denia, sagt mir was. Vielleicht hat er da seine leibliche Mutter aufgesucht."

Nun war Leyendecker doch perplex. „Sie sind nicht seine leibliche Mutter?"

„Habe ich das Ihnen nicht gesagt? Das spielt für uns keine Rolle. Wir haben ihn als Baby adoptiert. Seine Mutter hat ihn direkt nach der Geburt für die Adoption freigegeben. Wir haben daraus auch nie ein Geheimnis gemacht."

„Hatte er Kontakt zu seiner leiblichen Mutter?"

„Ich glaube nicht. Als er sechzehn war, hat er nachgeforscht. Er hat ja ein Recht darauf zu erfahren, wer seine leiblichen Eltern sind. Sein Vater war in der Geburtsurkunde nicht vermerkt. Seine Mutter hat bei seiner Geburt in einem katholischen Stift, der barmherzigen Schwestern Jesu, in Lindau gewohnt. Die haben sich um junge Schwangere gekümmert. Später hat sie wohl einen Spanier geheiratet, dem sie nach Spanien, eben nach Denia, gefolgt ist. Er hat immer mal wieder in Erwägung gezogen, sich mit ihr in Verbindung zu setzen. Vielleicht hat er das ja auf seiner Reise zu sich selbst in die Tat umgesetzt. Name und Adresse hatte er jedenfalls."

Leyendecker war sich jetzt ganz sicher, dass sie sich auf der richtigen Spur befanden. Wie sich die Teile allerdings zusammenfügten, war ihm noch völlig schleierhaft. Aber er war sicher, sie mussten mit dieser Frau reden. „Haben sie Namen und Adresse auch?", erkundigte er sich.

„Leider nein. Ich weiß nur, dass sie Franziska Salem hieß. Moment, ich sehe ihr Geburtsdatum nach. Ja da ist es. Sie ist am 8.5.1973 in Magdeburg geboren. Wie ich schon sagte, wohnte sie damals in Lindau. Vielleicht können Sie ja damit etwas anfangen. Das hoffe ich wenigstens."

„Da bin ich sicher", bestätigte er. „Sie haben uns sehr geholfen, vielen Dank. Ich halte Sie auf dem Laufenden."

Fassungslos sahen sie sich an. Leyendecker hatte während des Gesprächs die Mithörtaste gedrückt. „Wie konnte und das nur entgehen?", fragte er.

„So etwas konnte keiner ahnen." Ulla schüttelte den Kopf. „Wie verfahren wir weiter? Sollen wir die Kollegen in Lindau anrufen? Die haben doch sicher auch wie wir Zugang zum Meldesystem."

„Ich fürchte, das wird nicht viel nützen", erklärte Leyendecker, der bereits diese Erfahrung gemacht hatte. „Sie wird wohl nicht lange dort gewesen sein. Es gab ja keinen Grund mehr, in dem Stift zu bleiben. Und solange gibt es das heutige System noch nicht. Damals hat noch jede Gemeinde ihre eigene Kartei auf Kartonkarten geführt. Das können wir uns heute gar nicht mehr vorstellen. Wenn ich richtig informiert bin, müssen diese Daten mindestens dreißig Jahre aufbewahrt werden. Wahrscheinlich steht die Kartei irgendwo im Keller, oder sie wurde vernichtet, nachdem sie auf Mikrofilm aufgenommen wurde. Wir müssen uns mit dem Einwohnermeldeamt in Verbindung setzen. Nur die können uns helfen."

Ulla sprang auf. „Worauf warten wir? Ich rufe gleich dort an."

Ulla erreichte auch gleich jemand bei der Stadtverwaltung Lindau. Für Ulla sprach die junge Frau wie eine Schweizerin, aber sie konnten sich einigermaßen verständigen. Nein, eine Franziska Salem sei nicht mehr im System. Da müsste sie im Keller nachschauen, aber das ginge jetzt nicht, weil sie Publikumsverkehr hätte und deshalb ihren Platz nicht verlassen könne. Sie bat Ulla, ihr eine Mail zu schicken, denn so am Telefon dürfte sie die sensiblen Meldedaten ohnehin nicht herausgeben. Sobald sie Zeit habe, würde sie nachsehen und ihr die Antwort mitteilen. Also war wieder einmal Geduld gefragt.

Aber es dauerte nicht lange bis Ullas Computer anzeigte, dass eine Nachricht eingegangen sei. Freudestrahlend kam sie in Leyendeckers Zimmer. „Die haben sich aber beeilt, und da sagt man immer, die Schweizer seien langsam."

„Das sind keine Schweizer", erwiderte Leyendecker lachend, „die reden nur so. Lass hören!"

„Hier steht´s, Franziska Salem ist noch Ende 1992 umgezogen. Nach Köln-Ehrenfeld, Marienstraße 21."

„Da hat sie ja gar nicht weit von ihrem Sohn gewohnt, aber ohne es zu wissen."

„Was machen wir jetzt? Fragen wir das Einwohnermeldeamt in Köln?"

„Das können wir immer noch. Ruf doch Kalfoss an. Der hat doch Zugang zu den Einwohnerdaten in Nordrhein-Westfalen. Wenn wir Glück haben, hat sie lange genug dort gewohnt und ist noch vom System erfasst."

Kalfoss war hoch erfreut, Ullas Stimme zu hören. „Ich nehme mal an, Sie haben die Bankunterlagen erhalten. Ich hoffe, das hat Ihnen weitergeholfen."

„Ja doch, sehr", bestätigte Ulla, „deshalb rufe ich ja an. Ich suche eine Franziska Salem. Damals wohnhaft in Köln-Ehrenfeld, Marienstraße 21."

„Augenblick", erwiderte er eifrig, „ich schau mal nach, ob das System wieder funktioniert. Heute Morgen hatten die wieder Wartungsarbeiten. Ah ja, jetzt funktioniert es wieder, und da haben wir die Dame ja auch. Sie heißt jetzt Sanchez, hat sich 2007 nach Spanien abgemeldet, zusammen mit einem Pablo Sanchez, wohin genau steht hier nicht."

Ulla bedankte sich. „Sie haben uns sehr geholfen, vielleicht sehen wir uns ja irgendwann einmal wieder."

„Das würde mich sehr freuen, Frau Stein", erwiderte er, bevor sie auflegten.

„Also, jetzt wissen wir, dass sie Sanchez heißt", sinnierte Leyendecker, „und dass sie nach Spanien gezogen ist. Ich glaube, wir können sicher davon ausgehen, dass sie in Denia wohnt. Irgendwie muss sie ja zu finden sein"

„Der wird schwierig werden", gab Ulla zu bedenken. „Zumindest kann es lange dauern."

Leyendecker ließ diesen Einwand jedoch nicht gelten. „Sie heißt zwar Sanchez, ein Name, den es in Spanien wie Sand am Meer gibt. Aber sie heißt auch Franziska, und dieser Name ist wieder nicht so gebräuchlich. Sie wird sich ja wohl nicht in Francesca umgetauft haben, oder ist das jetzt eher italienisch? Wie dem auch sei, Schneider ist doch firm mit Computern, die Präsentation war ja nicht schlecht. Ich will mit ihr sprechen. Notfalls soll er den Computer des dortigen Meldeamtes hacken. Ich gehe derweil etwas essen. Es ist zwar schon nach ein Uhr, aber ich rufe mal in der Pizzeria an, ein paar Nudeln werden die ja noch machen können. Kommst du mit?" Als Ulla nickte, fragte er nach: „Tri di Pasta, oder wie das heißt. Für dich auch?"

Sie waren noch nicht lange zurück, da klingelte auch schon Leyendeckers Telefon. Schneider war am Apparat. „Ich habe sie, wollen Sie Frau Sanchez sprechen?"

„Bravo", lobte er. Dieser Schneider war wirklich zu gebrauchen. Wenn das so weiterginge, würde der eine richtig gute Beurteilung erhalten. „Verbinden Sie sie gleich."

„Hallo Frau Sanchez. Entschuldigen Sie die Störung, aber es ist wichtig. Mein Name ist Leyendecker, ich bin Polizist in einem Westerwaldstädtchen namens Hachenburg. Vermutlich wird

Ihnen das nichts sagen, aber ich habe ein paar Fragen an Sie. Es ist wirklich wichtig."

Franziska Sanchez zögerte, bis sie dann zaghaft antwortete. „Ich kann mir zwar nicht vorstellen, wie ich Ihnen behilflich sein soll, aber fragen Sie."

„Ich glaube schon, dass Sie uns helfen können. War vor Kurzem ein junger Mann bei Ihnen, der Alex Hilpert hieß?"

„Der war hier. Warum wollen Sie das wissen?"

„Zu meinem Bedauern muss ich Ihnen sagen, dass Alex Hilpert tot ist."

„Mein Gott, das ist ja furchtbar!" Danach entstand eine lange Pause. Leyendecker hörte nur ihren Atem, bis sie sich wieder meldete. „Wie ist das passiert, ein Unfall?"

„Es war kein Unfall. Alex Hilpert wurde getötet."

„Ermordet? Ich bin fassungslos. Haben Sie den Täter?"

„Leider nein. Deshalb muss ich ja mit Ihnen sprechen, persönlich."

„Wie soll das gehen? Ich kann nicht so ohne Weiteres nach Deutschland fliegen."

„Das kann ich gut verstehen. Ich würde versuchen, zu Ihnen zu kommen. Wäre Ihnen das recht?"

„Natürlich, wenn ich helfen kann. Ich arbeite in einem Restaurant in der Innenstadt. Wenn Sie vor achtzehn Uhr kommen, ist noch nicht so viel

Betrieb. Ich werde dann sicher Zeit haben, mit Ihnen zu reden."

„Gut, ich werde probieren, in den nächsten Tagen bei Ihnen vorbei zu kommen. Ich sage Ihnen bescheid. Ihre Nummer sehe ich ja im Display. Dann auf Wiedersehen. Er legte auf und ließ eine konsternierte Franziska Sanchez zurück.

Leyendecker fand im Internet einen Flug gleich für den nächsten Tag. Der Flieger ging bereits um halb fünf in der Frühe. Auch den Rückflug konnte er bei der gleichen Gesellschaft für den folgenden Tag buchen. In einem Hotel nahe der Innenstadt Denias, mit Blick auf das Meer und Jachthafen, war auch noch ein Doppelzimmer frei. Man war zwar nicht begeistert, dass sie lediglich nur eine Nacht dort verbringen wollten, schließlich sagte man ihm dann doch zu. Sicher hatten sie den Preis etwas erhöht, was Leyendecker durchaus als normal empfunden hätte. Aber der Preis hielt sich trotzdem im Rahmen.

Er ging in Ullas Zimmer. „Fahr schon mal nach Hause und pack ein paar Sommersachen, vielleicht auch einen Bikini, ein. Aber nimm auch eine warme Jacke mit, die Abende können doch recht frisch werden."

Ulla sah ihn an, als sei er nicht ganz klar im Kopf. „Herr, der Sinn deiner Rede ist dunkel."

Leyendecker berichtete ihr, dass er bereits Kontakt zu Franziska Sanchez aufgenommen hätte.

„Wie stellst du dir das vor?", fragte sie. „Das ist sicher ein gefundenes Fressen für den Bund der Steuerzahler, wenn der Rechnungshof feststellt, dass zwei Hachenburger Polizisten nach Spanien fliegen, um eine Zeugin zu vernehmen."

„Die Genugtuung würde ich denen dann doch nicht geben", entgegnete er. „Natürlich zahlen wir das aus eigener Tasche. Sieh es einfach als Kurzurlaub an. Und genügend Überstunden haben wir auch, die wir ja irgendwann abfeiern müssen. Warum nicht jetzt?"

Kapitel 11

Ulla fuhr. Zu so früher Stunde ließ sie ihn lieber nicht ans Steuer, wusste sie doch, was für ein Morgenmuffel ihr Lebensgefährte war. Leyendecker saß auch schweigend neben ihr. Lediglich kurz nachdem sie das Ortsschild von Uckerath passiert hatten, brummte er: „Pass auf, da vorne ist ein Blitzer!"

Als wenn sie das nicht selbst gewusst hätte. Leyendecker hatte hier vor vielen Jahren ein Knöllchen erhalten, und er sagte diesen Satz jedes Mal, obwohl sie diese Strecke nun wirklich schon häufig gefahren waren.

Eine halbe Stunde, nachdem sie in Hennef auf die Autobahn gefahren waren, fuhren sie auch schon am Gebäude des Konrad-Adenauer-Flughafens in Richtung Parkhaus 3 vorbei, und wie meistens mussten sie noch eine Ehrenrunde drehen, da sie eine Abfahrt verpasst hatten. Aber sie waren frühzeitig losgefahren, sodass das kein Problem darstellte. Zu so früher Stunde fuhren die Zubringerbusse noch nicht. Gott sei Dank regnete es nicht, doch ihnen wurde saukalt und sie waren froh, als sie das geheizte Flughafengebäude erreichten.

Erst als Leyendecker zielstrebig auf die Schalter der Germanwings zusteuerte, wurde es Ulla doch etwas mulmig, war doch erst kürzlich ein Flugzeug dieser Gesellschaft in Südfrankreich abgestürzt. Der Kopilot, auch ein Westerwälder, hatte den Absturz angeblich vorsätzlich herbeigeführt.

Leyendecker versuchte allerdings, ihre Bedenken zu zerstreuen. Nach seiner Theorie waren alle jetzt besonders aufmerksam und vorsichtig, und für Nachahmungstäter war der Zeitpunkt des Absturzes doch etwas lange her.

So ganz traute Ulla Leyendeckers Theorien immer noch nicht. Das mulmige Gefühl blieb und wurde auch nicht besser, als sie nach Betreten der Kabine feststellten, dass sie mit einer A 320 flogen. Es handelte sich also um den gleichen Flugzeugtyp wie bei besagter Katastrophe.

Leyendecker macht das allerdings nichts aus, hatte er doch damit gerechnet. Nach seiner Meinung bestand die Flotte fast ausschließlich aus Flugzeugen dieses Typs, die Germanwings von der Muttergesellschaft Lufthansa übernahm.

Die Flugbegleiterinnen waren ausgesprochen freundlich und der Kapitän prophezeite einen ruhigen Flug. Voraussichtlich würden sie von Turbulenzen verschont bleiben, da sie das Schlechtwettergebiet, das über Deutschland lag, nach kurzer Zeit verlassen würden.

Leyendecker war eingeschlafen. Ulla weckte ihn, als der Gong ertönte und die Zeichen aufforderten, die Sicherheitsgurte zu schließen. Gleich darauf meldete sich auch schon der Kapitän mit dem Hinweis, dass man sich auf dem Anflug zum Flughafen Alicante befinde und planmäßig in wenigen Minuten landen würde. Die Temperatur betrage fünfzehn Grad und es würde ein sonniger Tag erwartet. Ulla schrak wie immer zusammen, als mit einem Ruck das Fahrwerk ausfuhr. Kurz darauf setzten sie sanft auf der Landepiste auf und die Schubumkehr bremste die A320 abrupt ab.

Sie hatten nur einen Trolley, den sie als Handgepäck mitgenommen hatten. Ulla hatte sich tatsächlich beschränkt, nachdem Leyendecker nachdrücklich darauf hingewiesen hatte, dass sie lediglich einen Tag unterwegs wären. So brauchten sie nicht am Kofferband zu warten.

Leyendecker steuerte zielstrebig auf den Schalter von Avis zu und zeigte seinen Ausweis. „Ich hatte einen Wagen reserviert."

Die Formalitäten waren schnell erledigt. Die uniformierte Dame überreichte ihnen den Schlüssel. „Es ist der hellblaue Toyota Corolla. Das Navi ist auf die deutsche Sprache eingestellt."

Nachdem sie das Fahrzeug kurz von allen Seiten gemustert hatten, konnte die Fahrt losgehen. Diesmal übernahm Leyendecker das Steuer. Es wäre sicher schöner gewesen, direkt an der Küste entlang zu fahren, das war ihnen aber doch zu mühsam.

Trotzdem konnten sie auch von der Autobahn einiges erkennen. Die meisten der weißen Häuser in den Neubaugebieten schienen leer zu stehen. Vermutlich wurden sie immer nur sporadisch als Ferienhäuser genutzt, oder warteten auf neue Eigentümer. Viele waren auch nur teilweise fertiggestellt, und es war nicht zu erkennen, dass noch daran gearbeitet wurde. Hier zeigten sich wohl die Auswirkungen der geplatzten spanischen Immobilienblase.

Nach gut einer Stunde erreichten sie Denia, gut zu erkennen an der Burg über der Stadt.

Das Hotel Raset lag wie angegeben direkt am Hafen in unmittelbarer Nähe der Altstadt. Dank der Hilfe des Navigationsgerätes hatten sie es ohne Probleme gefunden. Die wenigen Parkplätze vor dem Hotel waren natürlich besetzt, deshalb hielt er in der Hotelauffahrt.

Leyendecker bat Ulla, im Auto zu warten und ging allein zur Rezeption. Das Zimmer war zu so einem frühen Zeitpunkt nicht verfügbar. Man bot ihm aber an, den kleinen Koffer in einer Kammer neben dem Aufzug abzustellen. Außerdem verfügte das Hotel über einen Parkdienst. Die Autos wurden auf einem wenige Kilometer entfernt liegenden Grundstück abgestellt. Dies kostete pro Tag zehn Euro und jeweils noch zehn Euro fürs Holen und Bringen. Leyendecker machte von dem Angebot Gebrauch. Die Alternative, von den spanischen Ordnungshütern abgeschleppt zu werden, stellte sich nicht wirklich. Wie man hörte, war die hier ja recht fix damit. Die Dame von der Rezeption telefonierte und kurz darauf erschien ein junger Mann, dem Leyendecker den Schlüssel aushändigte.

Mittlerweile war der Dunst, der sich in der Nähe des Meeres in den Morgenstunden häufig zeigt, der Sonne gewichen. Ulla zog ihre überdimensionale Sonnenbrille an. „Ich habe jetzt aber Hunger", erklärte sie.

Das war auch weiter nicht verwunderlich, da von den Billiglinien kein kostenloser Imbiss mehr gereicht wird. Sie hatten beide darauf verzichtet, im Flugzeug zu essen. Leyendecker, weil er schlief, Ulla war es schlichtweg zu früh. Aber jetzt wurde es Zeit, dass sie etwas zu beißen zwischen die Zähne bekamen.

„Wir sind hier in unmittelbarer Nähe der Altstadt, da werden wir sicher ein Frühstück bekommen", schlug er vor.

Nach wenigen Schritten erreichten sie Denias Altstadt, die ihnen ausnehmend gut gefiel. In den teilweise historischen Gebäuden wechselten sich in den Erdgeschossen kleinere Ladengeschäfte und Restaurants ab. Die Straßen waren von uralten Platanen gesäumt.

Sie fanden ohne Mühe zwei Plätze an einem der kleinen Edelstahltische mit Glasplatte. Auf einer Tafel wurde für acht Euro ein großes Frühstück angeboten. Leyendecker zeigte auf die Tafel und hielt Daumen und Zeigefinger in die Höhe.

Der junge Kellner kam herbeigeeilt. „Zweimal das große Frühstück für die Herrschaften, kommt sofort", sagte er in fast akzentfreiem Deutsch und deutete eine leichte Verbeugung an.

„Woher weiß der nun schon wieder, dass wir Deutsche sind?", staunte Leyendecker.

Ulla lachte. „Vielleicht sieht er es dir an. Er wird so seine Erfahrungen haben."

„Was soll das denn schon wieder heißen?", raunzte Leyendecker.

„Das war ein Scherz", beschwichtigte sie. „Vielleicht hat er uns ja reden hören."

Das Frühstück war wirklich reichlich. Die Brötchen waren noch warm. Es gab Rühreier mit Speck, Butter, Marmelade, Käse, Wurst und Tomaten, dazu Kaffee bis zum Abwinken. Sie ließen sich alles schmecken. Lediglich der Wurst traute Leyendecker nicht so recht über den Weg. Aber das ging ihm in südlichen Gefilden immer so. Nachdem sie fertig gegessen hatten, blieben sie noch etwas sitzen und schauten dem Treiben zu. Einheimische Urlauber aber auch viele Residenten nahmen hier ihr Frühstück ein. Die Residenten waren daran zu erkennen, dass sie demonstrativ den Haustürschlüssel mit sich führten.

Ulla verschwand in einem der Klamottengeschäfte, um kurz darauf maulend zurückzukehren. „Alles nur für kleine Mädchen."

„Sag nur, du hast nichts Passendes gefunden?", staunte er. „Du bist doch sehr schlank."

„In diesen kurzen Röckchen und den bauchfreien Blusen oder Tops kann ich nun wirklich nicht im Westerwald herumlaufen. Dafür bin ich doch zu alt."

Leyendecker telefonierte noch mit Franziska Sanchez und vereinbarte einen Termin für siebzehn Uhr. Danach schlenderten sie durch die schmalen Gassen der Altstadt, wobei Ulla Sonnencreme mit hohem Lichtschutzfaktor erstand, bevor sie zum Hotel zurückkehrten.

Ihr Zimmer war inzwischen hergerichtet. Die Zimmer waren sauber und zweckmäßig eingerichtet, so wie es bei einem Dreisternehotel zu erwarten war. Ohnehin legten sie auch sonst keinen Wert auf übertriebenen Luxus. Der Blick über den Jachthafen aufs Meer war jedoch traumhaft.

„Schade, dass wir morgen schon wieder zurückmüssen", seufzte Ulla. „Hier kann man es aushalten."

„Ich glaube, wir sind nicht das letzte Mal hier, wirklich herrlich", stimmte Leyendecker ihr zu.

Während Ulla unter der Dusche stand, schaltete Leyendecker den Fernseher an. Der Nachrichtensprecher bei NTV konnte ihm jedoch nichts Neues erzählen. Was sollte auch in der kurzen Zeit passiert sein. Er verkniff sich, kurz bei der Dienststelle anzurufen, zu leicht hätten die Kollegen das wohl für Wichtigtuerei gehalten.

Als Ulla aus dem Bad kam, trug sie ihren Bikini schon. „Komm, lass uns an den Strand gehen!", forderte sie ihn auf. „Ich will versuchen, etwas Farbe zu bekommen."

„Oder einen Sonnenbrand", unkte er.

Der Strand war nur gering bevölkert. Denia verfügt über mehrere Strände, sodass sich das alles etwas verläuft. Außerdem waren wohl nicht alle so unvernünftig, in der Mittagshitze an den Strand zu gehen. Leyendecker kaufte einen Sonnenschirm, den er in den Sand rammte. Trotzdem wurde es ihm spätestens nach einer knappen Stunde viel zu heiß, sodass er ins Hotel zurück wollte. Ulla wäre gerne noch geblieben. Denn im Gegensatz zu Leyendecker war sie mehrfach ins Meer gesprungen. Das Meer war Leyendecker wiederum zu kalt. Trotzdem beugte sie sich seinen Wünschen.

Nachdem sie sich den Sand von der Haut und aus den Haaren gewaschen hatten, hielt Ulla ein Nachmittagsschläfchen, denn im Gegensatz zu Leyendecker hatte sie ja im Flugzeug keinen Schlaf gefunden. Leyendecker setzte sich auf den Balkon, der um diese Zeit im Schatten lag und sah auf das Meer hinaus. Nachher wusste er nicht, an was er gedacht hatte. Hatte er überhaupt an etwas gedacht? Jedenfalls nicht an die beiden Mordfälle.

Dann wurde es auch bald Zeit für ihre Verabredung. Sie nahmen sich warme Jacken mit, hatten sie doch nicht die Absicht, außer zum Schlafen in das Hotel zurückzukehren.

Das La Llauradora de Loreto lag in der Carrer de Loreto, einer schmalen Gasse in Denias Altstadt. Es war eines dieser typischen Restaurants, wie man sie häufig antrifft. Im Inneren Möbel aus Pinienholz, eine relativ moderne Kühltheke, in der verschiede Fische in Eis gelagert waren. Dort standen auch Schüsseln mit verschiedenen Gerichten, überwiegend wohl aus allen möglichen Tieren des Mittelmeers, die als Tapas serviert wurden. Drinnen saßen lediglich zwei Männer, die etwas aßen. Nach ihrer Kleidung zu urteilen, handelte es sich wohl um Personal.

Vor dem Haus standen diese typischen Edelstahlmöbel. Irgendwie fühlte sich Leyendecker in den kleinen Stühlchen immer etwas unwohl. Er gab durchaus diesen billigen weißen Plastiksesseln den Vorzug.

Zwei der Tische waren besetzt. An einem saß ein älterer Herr mit einer jungen Frau. Ob es sich nun um die Tochter, die Freundin oder die Ehefrau handelte, war zunächst nicht zu erkennen. Im Laufe der Zeit würden sie das aber unschwer feststellen. An dem anderen Tisch saß ein junges Ehepaar mit zwei kleinen, blonden Mädchen, die ein Eis aßen. Die Sprache, in der sie sich unterhielten, klang irgendwie skandinavisch. Ulla tippte auf schwedisch, während Leyendecker sie eher der Smörrebrödfraktion zuordnete.

Die Gesichtszüge der dunkelhaarigen, etwas korpulenten Kellnerin erinnerten entfernt an

Alex Hilpert. Leyendecker bestellte eine Cola und einen Orangensaft. Als sie das Bestellte brachte, gab er sich zu erkennen und stellte auch Ulla vor.

„Ich habe bald Zeit für Sie", antwortete sie mit ernstem Gesicht, „wenn mein Kollege fertig gegessen hat, komme ich gleich zu Ihnen."

Kurz darauf kam sie dann auch und setzte sich zu ihnen an den Tisch.

Leyendecker wusste nicht recht, ob er Franziska Sanchez sein Beileid aussprechen sollte, entschloss sich aber, gleich zur Sache zu kommen. „Wie ich Ihnen ja bereits am Telefon mitteilte, wurde Alex Hilpert ermordet aufgefunden. Wir haben bisher nicht herausgefunden, warum er bei uns im nördlichen Rheinland-Pfalz war, geschweige denn, was der Grund für seine Ermordung war. Wir glauben nicht, dass er zufällig dort war. Vielleicht können Sie uns ja weiter helfen."

„Natürlich helfe ich Ihnen gerne weiter, wenn ich kann. Sehen Sie, ich habe meinen Sohn einmal gesehen. Er tauchte plötzlich hier auf, sagte er wolle nur einmal seine leiblichen Eltern sehen. Ich habe ihn ja damals zur Adoption freigegeben. Ich fühlte mich der Verantwortung für ein Kind nicht gewachsen. Wie er erzählte, hat er es ja bei seinen Adoptiveltern gut gehabt und war wohl auch recht erfolgreich mit Schule und Studium. Also kann meine Entscheidung ja nicht so falsch gewesen sein, obwohl ich häufig daran gezweifelt habe. Dann erhalte ich kurz darauf Ihren Anruf, dass er tot ist. Schrecklich!"

Leyendecker ließ der Frau etwas Zeit, sich zu beruhigen. „Der Grund, dass wir glauben, dass Sie uns vielleicht weiterhelfen können, ist folgender: Alex Hilpert ist von hier aus direkt nach Italien geflogen. Das ist uns aufgefallen, denn es entsprach nicht seinen bisherigen Gewohnheiten, hat er doch sonst eher die Bahn benutzt. Er muss hier etwas erfahren haben, was ihn dazu veranlasste. Ob das was mit seinem Tod zu tun hat, wissen wir natürlich nicht. Aber wir wollen alles abklären."

„Ich glaube, da kann ich Ihnen weiterhelfen", erklärte Franziska Sanchez, sichtlich froh, etwas zur Aufklärung beizutragen. „Wie ich bereits sagte, wollte er seine Eltern kennenlernen, also hat er mich auch nach seinem Vater gefragt. Ich habe ihm dann erklärt, dass sein Vater tot ist. Natürlich wollte er dann wissen, wie das geschehen ist und ob er noch weitere Verwandte hätte. Leider konnte ich ihm da nicht weiterhelfen."

„Warum nicht?", fragte Ulla. „War das nur eine kurze Begegnung mit dem Kindesvater und woher wissen Sie, dass er tot ist?"

„Nein, so meinte ich das nicht. Ich wollte damit sagen, dass ich seine Verwandten nicht kenne. Sein Vater ist zu Tode gekommen, da wusste ich noch nicht, dass ich schwanger war. Die schrecklichen Ereignisse sehe ich heute noch vor mir."

„Erzählen Sie!", forderte Leyendecker sie auf.

Franziska nickte mit dem Kopf. „Ich glaube zwar nicht, dass das etwas mit seinem Tod zu tun hat, aber man kann ja nie wissen. Sein Vater und ich sind damals gemeinsam durch Europa gezogen. Jung und verliebt, wie wir waren, haben wir jeden neuen Tag einfach auf uns zukommen lassen. Es war eine schöne Zeit, bis die dann plötzlich endete. Es begann wie ein harmloser Spaß. Wir hatten in der Nähe von Pisa übernachtet, am Vortag hatten wir uns die Stadt angesehen. Wir schliefen auf einer Anhöhe. Am Morgen krähte ein Hahn. Auf dem kleinen Bauernhof im Tal wurden wohl Hühner gehalten. Ich sagte so zum Spaß, dass ich jetzt gerne ein Frühstücksei hätte, woraufhin er sich auf den Weg gemacht hat, um mir eins zu besorgen. Ich wollte ihn noch davon abhalten, aber für ihn war das ein großer Spaß. Ich nehme an, der Bauer fühlte sich bedroht und hat ihn erschossen. Ich habe noch eine Zeit lang wie erstarrt dort oben gelegen, bevor ich mich davon gemacht habe. Später habe ich dann gemerkt, dass ich schwanger bin."

Betretenes Schweigen folgte, bis sich dann Ulla zu Wort meldete. „Haben Sie Alex den Namen seines Vaters mitgeteilt?"

„Ich weiß nur, dass er Dirk hieß. Unsere Nachnamen haben wir nie gebraucht. Die haben uns nicht interessiert. Auch nicht, wo wir herkamen, oder was wir waren. Natürlich mussten wir damals auch unserer Papiere mit uns führen, beispielsweise beim Grenzübertritt, aber ich habe wirklich nie auf den Namen geachtet. Vielleicht hat Dirk meinen Namen gekannt, vielleicht habe ich auch mal seinen gehört, ich weiß es nicht, das hatte ja dann auch keine Bedeutung mehr."

„Wirklich eine traurige Geschichte", erklärte Leyendecker. „Vielen Dank, dass Sie uns das alles so offen erzählt haben. Ich darf Sie doch anrufen, wenn ich noch Fragen habe? Ich lasse Ihnen meine Karte hier. Falls Ihnen noch etwas einfällt."

„Natürlich dürfen Sie mich anrufen, jederzeit. Ich hätte noch eine Bitte, unterrichten Sie mich, wenn der Fall abgeschlossen ist."

„Das werden wir gerne tun", versprach er.

Franziska Sanchez hatte ihre Arbeit wieder aufgenommen. „Was hältst du von der ganzen Sache?", fragte Leyendecker.

„Für mich besteht kein Zweifel daran, dass das, was er hier erfahren hat, die Ursache für den Flug des Jungen nach Pisa ist. Es hat ihn halt doch interessiert, wer sein Vater war. Und genau das wollte er dort erfahren."

„Da bin ich ganz deiner Meinung", stimmte Leyendecker ihr zu. „Was glaubst du? Hat er erfahren, wer sein Vater ist?"

„Eigentlich habe ich da keine Zweifel. Auch wenn die Bürokratie in Italien nicht so weit fortgeschritten ist, wie die bei uns. Auch dort wird es Register geben, wo die Toten verzeichnet sind.

Auch die Polizei wird sicher noch Aufzeichnungen haben. Ob die allerdings für ihn zugänglich waren bezweifle ich, er konnte schließlich nicht beweisen, dass er der Sohn des Verstorbenen ist."

„Aber uns müssten die zugänglich sein, obwohl …" Leyendecker zögerte.

„Was heißt obwohl?", erkundigte sie sich.

„Die werden sich nicht gerade darum reißen, alte Akten im Keller zu suchen. Wenn wir eine offizielle Anfrage machen, kann das Monate dauern. Außerdem wissen wir nicht, an wen wir uns wenden sollen. Es war in der Nähe von Pisa. Waren dort die Kollegen aus Pisa zuständig? Und dann, welche Kollegen, waren das die Carabinieri? So genau bin ich nie durch die Zuständigkeiten der italienischen Polizeibehörden gestiegen."

„Also, was schlägst du vor?" Sie schaute ihn erwartungsvoll an. „Sollen wir jetzt den Flieger nach Pisa nehmen und dort weiter suchen?"

Er schüttelte den Kopf. „Das wird wohl nicht gehen. Wir werden in Hachenburg gebraucht. Außerdem haben wir dort keinerlei Zuständigkeit. Das war hier etwas anderes. Hier hatten wir eine konkrete Ansprechpartnerin. Außerdem ist unser Aufenthalt hier doch eher privat."

„Apropos privat. Ich hätte gern noch was zu trinken, vielleicht einen Rotwein."

„Da schließe ich mich an", entgegnete er. „Vielleicht fällt uns ja dann etwas ein."

Die beiden Gläser wurden gebracht. Es war ein einfacher Landwein, aber durchaus akzeptabel. „Mir kommt da so eine Idee."

„Sag schon!", forderte sie ihn auf.

„Wir haben doch dieser Frau Adler so etwas wie ein Erstverwertungsrecht gegeben …"

„Nicht wir, das warst du ganz allein", unterbrach Ulla ihn.

Leyendecker ging nicht näher auf den versteckten Vorwurf ein. „Wie dem auch sei. Ich denke mal, die Archive der Zeitungen sind allemal besser zugänglich als die der Polizei. Mit Sicherheit hat die Presse damals berichtet. Das Ereignis war ja doch spektakulär."

„Worauf willst du hinaus? Wie soll uns Frau Adler da weiterhelfen?"

„Nun ja, diese Pressefritzen haben doch überall ihre Fühler drin. Vielleicht kennt sie dort jemand, oder kann dort jemanden beauftragen. Ich rufe sie gleich mal an."

Danika Adler ging nach dem dritten Läuten dran. Sie war erfreut, etwas von Leyendecker zu hören. Als Leyendecker ihr eine kurze Zusammenfassung gab, war sie sofort Feuer und Flamme. Nein, sie würde niemand beauftragen. Sie würde selbst nach Pisa fliegen. Sie sei schon öfter da gewesen und würde sich freuen, die Stadt noch einmal besuchen zu können. Sie kenne da ein kleines Hotel, sie könne auch für Leyendecker dort ein Zimmer reservieren. Leyendecker lehnte das ab und war froh, dass er nicht auf

Mithören geschaltet hatte. Tatsächlich kenne sie jemanden, Nino sei ein Studienkollege, ein Deutschitaliener, der jetzt bei der Tageszeitung La Nazione Toskana arbeite, zwar nicht in Pisa, sondern in Florenz. Der würde ihr aber sicher den Kontakt zur Lokalredaktion in Pisa herstellen. Leyendecker ließ sich noch zusichern, dass die Ergebnisse, die er ihr heute mitgeteilt hätte und dass was sie in Italien erfahren würde, zunächst unter Verschluss blieben, bevor er sich dann verabschiedete.

Die Küche des Lokals hatte inzwischen geöffnet, aber Ulla wollte noch ein paar Schritte durch die Altstadt bummeln. Die Stadt füllte sich immer mehr mit Menschen. Gegen zwanzig Uhr konnten sie gerade noch einen kleinen Tisch vor einem der vielen Lokale erhaschen. Ulla aß Gambas al Ajilo, Leyendecker, der es mit den Krabbeltieren, so drückte er sich aus, nicht so sehr hatte, aß lieber ein ordentliches Stück Fleisch. Der Rotwein schmeckte auch hier gut und der Abend dauerte noch recht lang.

Es war kurz nach zwei, als das Flugzeug auf der Landebahn des Flughafens Galileo Galilei aufsetzte. Danika Adler zog den kleinen runden Spiegel aus ihrer hellbraunen Gucci-Handtasche und musterte sich kritisch. Eigentlich war sie mit ihrer Optik ganz zufrieden, lediglich die Lippen mussten etwas nachgezogen werden. Sie war häufiger in dieser Stadt in der Toscana, die der ganzen Welt nur durch den Torre pendente, den schiefen Turm, bekannt war. Eigentlich war Pisa etwas außerhalb des weltberühmten Turmes eher ein verschlafenes Nest. Das galt zumindest für die Zeit, in der die Studenten ihre Ferien hatten, denn die jungen Leute stellten fast die Hälfte der Einwohner. Bereits in ihrer Studentenzeit war sie zum ersten Mal hier gewesen und hatte damals den Charme der verwinkelten Gassen außerhalb der Touristenpfade kennen und schätzen gelernt.

Eigentlich hätte sie durchaus öffentliche Verkehrsmittel benutzen können, aber ihr Hotel lag gerade mal vier Kilometer vom Flughafen entfernt und sie ersparte sich das Gedrängel in der Bahn auf der Fahrt zum Bahnhof Pisa Centrale, obwohl dieser Bahnhof für sich schon eine Sehenswürdigkeit war.

Das altehrwürdige Hotel Relais dell Orologio lag in der Via della Feggiola etwa einen halben Kilometer vom Zentrum entfernt. Das Hotel in dem bemerkenswerten historischen Gebäude verband den Charme der Vergangenheit mit dem Luxus der Moderne. Es verfügte etwa über dreißig Zimmer inklusive einiger Suiten.

Die grauhaarige, gepflegte Dame im hellblauen Kostüm schaute auf, als Danikas Absätze auf dem Marmorboden der Eingangshalle klackerten. Ein erkennendes Lächeln huschte über ihr Gesicht, war doch Danika Adler schon häufiger hier eingekehrt. „Wie schön, Sie wieder einmal bei uns begrüßen zu dürfen, Frau Adler. Ihr

Zimmer ist bereits hergerichtet." Ihr Deutsch war akzentfrei. Sie tippte auf ihrem Computer. „Wie ich sehe, bleiben Sie nur eine Nacht, schade, trotzdem wünsche ich Ihnen einen angenehmen Aufenthalt. Lassen Sie ihren Personalausweis hier. Wenn Sie nachher herunterkommen, brauchen Sie nur noch zu unterschreiben." Sie winkte den livrierten Pagen heran. „Danilo wird Sie nach oben bringen. Wenn Sie sonst noch Wünsche haben, wir stehen Ihnen jederzeit zur Verfügung. Ich wünsche einen angenehmen Aufenthalt."

Ihr Bekannter hatte für den kommenden Vormittag, zehn Uhr, einen Termin bei der Lokalredaktion der La Nazione Toskana ausgemacht. Bis dahin hatte sie den Tag zur freien Verfügung, den sie auch für sich nutzen wollte. Nachdem sie sich geduscht hatte, machte sie sich zu Fuß auf, die Stadt zu erkunden. Zuerst führte ihr Weg sie hinunter zum Arno, bevor sie die alten, verwinkelten Gassen mit ihren typischen gelben Häusern durchstreifte. Hier aß sie ein Eis, dort trank sie einen Espresso und ließ der Charme der alten Stadt auf sich wirken. Gegen Abend suchte sie ein kleines Restaurant auf und aß Seppie allo Zaferano. Dazu trank sie ein Glas Vernaccia di San Giminiano. Den Abend ließ sie dann auf der Trasse ihres Hotels bei ein paar Gläsern Prosecco ausklingen.

Sie hatte den hoteleigenen Limousinenservice benutzt. Die Lokalredaktion der Nazione Toskana residierte in einem unscheinbaren Gebäude aus den siebziger Jahren. Eine Treppe führte ins erste Stockwerk, das die Räumlichkeiten der Zeitung beherbergte. Nachdem Danika Adler geklopft hatte, betrat sie einen Raum, in dem sechs Schreibtische mit Bildschirm standen. Drei der Tische waren besetzt. Die beiden jungen Frauen im vorderen Teil des Raumes telefonierten. Am hintersten Schreibtisch erhob sich ein Mann, von dem im ersten Augenblick nur der immense Schnauzbart auffiel, der Danika Adler stark an das Walross des Norddeutschen Rundfunks erinnerte. Der Mann kam auf sie zu. Er musste wohl an die zwei Zentner wiegen, wobei er lediglich geschätzte eins siebzig groß war. Seine angegrauten lockigen Haare standen in alle Richtungen. Schweißtropfen standen auf seiner Stirn, obwohl der Raum klimatisiert war.

„Sie müssen Frau Adler sein", stellte er fest und gab ihr die Hand, die er vorher an seinem weißen Hemd abgewischt hatte. Er sprach zwar mit Akzent, aber sein Deutsch war doch sehr gut. „Ich habe Sie schon erwartet", fuhr er fort, „Sie wurden uns ja von der Zentrale angekündigt. Es freut mich sehr, Sie kennenzulernen. Kommen Sie, nehmen Sie doch Platz. Er deutete auf einen Bürostuhl, der vor dem Schreibtisch stand. „Kann ich Ihnen etwas anbieten? Wasser oder einen Espresso vielleicht?"

„Ein Espresso wäre nicht schlecht."

„Kommt sofort."

Die alte Kaffeemaschine schnaufte und zischte, aber das Ergebnis konnte sich sehen lassen. Danika nahm reichlich Zucker, denn das Zeug war höllisch stark und bitter, aber gesüßt schmeckte es doch sehr gut.

„Mein Name ist Franco", stellte der Bärtige sich vor. „Was verschlägt eine Redakteurin einer so bekannten deutschen Tageszeitung hierher? Wie können wir Ihnen behilflich sein, Frau Adler?"

„Nennen Sie mich Danika", schlug sie vor. „Ich will dann auch gleich zur Sache kommen, um ihre Zeit nicht über Gebühr in Anspruch zu nehmen."

Franco winkte ab. „Verfügen Sie über mich, solange Sie wollen, Danika."

Danika Adler wusste nicht so genau, wie sie den Einwurf des Italieners deuten sollte, trotzdem fuhr sie unbeirrt fort. „Es geht um einen Todesfall aus dem Jahr 1991. Ein junger Deutscher wurde hier in der Nähe erschossen."

Francos Miene hellte sich auf. „Sie haben Glück, dass Sie an mich geraten sind. Tatsächlich kann ich mich recht gut daran erinnern. Ich war damals Volontär. Das hat damals einigen Wirbel verursacht. Ein alter, verwirrter Bauer hat einen jungen Herumtreiber erschossen. Er hat damals behauptet, dass der ihn bestehlen wollte. Dabei war auf dem heruntergekommenen Bauernhof nun wirklich nichts zu holen. Das Verfahren wurde damals recht schnell eingestellt. Ob man nun der Notwehrtheorie gefolgt ist, oder aber den Alten als schuldunfähig eingestuft hat, kann ich jetzt nicht mehr sagen. Sie machen mich neugierig. Was interessiert die Redakteurin einer bekannten deutschen Tageszeitung an diesem alten Fall?"

Danika lächelte. „Ich kann mir vorstellen, dass das Ihnen seltsam erscheint. Genaugenommen interessiert mich der Fall nicht sondern die Identität des Toten. Es kann sein, dass die für die Ermittlungen bei einem aktuellen Mordfall wichtig ist."

Der Dicke mit dem Walrossschnauzer wurde hellhörig. „Ein Mordfall in Deutschland, der mit unserem alten Fall zusammenhängt, da ist doch sicher auch für uns ein netter Artikel drin?"

„Ich versichere Ihnen, dass auch für Sie einige Schlagzeilen abfallen werden, falls sich das als wahr herausstellt. Ich werde Sie dann gerne informieren."

Franco nickte. „Dann sind wir uns da einig. Leider kenne ich die Identität des Toten nicht. Wir sind hier recht fortschrittlich und haben alle Zeitungen der letzten dreißig Jahre digitalisiert. Aber ich fürchte, und das wird auch bei Ihnen nicht anders sein, dass der Name darin nicht genannt wird."

„Das habe ich befürchtet. Ich werde mich wohl an die Polizei oder die Kommunalverwaltung wenden müssen, aber die werden einer deutschen Reporterin sicher nicht so ohne Weiteres Auskunft erteilen. Können Sie mir da nicht ein paar Türen öffnen."

„Das wird eher schwierig. Gegenüber mir werden die sich auch auf ihre Schweigepflicht berufen. Falls uns gar nichts einfällt, müssen wir es so versuchen. Aber vielleicht gibt es da ja noch eine andere Möglichkeit. Die Tochter des Alten, der damals herumgeballert hat, lebt heute auf dem Hof. Man hat sie damals aus Florenz hergerufen, wo sie bei einer Anwaltskanzlei gearbeitet hat. Sie hat dann nachher den Hof zu einer Pension umgebaut. Äußerlich wirkt er noch wie ein ursprünglicher Bauernhof, aber den Gästen wird jeder Komfort geboten, den der anspruchsvolle Urlauber heute erwartet. Sie wird sicher daran interessiert sein, mehr deutsche Urlauber zu beherbergen und eine Erwähnung in ihrer Zeitung wäre da sicher hilfreich."

„Ich glaube, das wird sich machen lassen. Immer unter der Voraussetzung, dass wir auf der richtigen Spur sind. Ich habe meine Kamera dabei und könnte ein paar Fotos machen."

„Prima, dann rufe ich Maria gleich an."

Das Anwesen wirkte sehr gepflegt. Der ehemalige Bauernhof war komplett renoviert, ohne dass der ursprüngliche Stil verändert worden war. Ein Anwesen, das nach wie vor bei In- und Ausländern sehr begehrt war. Ein kleiner Bach speiste einen Teich, auf dem sich zahlreiche Enten tummelten. Auf dem gepflasterten Hof standen mehrere Limousinen der Oberklasse, eine auch mit deutschem Nummernschild. Wie es schien, war Maria bereits recht gut im Geschäft.

Franco begrüßte eine schlanke Mittvierzigerin überschwänglich. Danika Adler verstand italienisch eigentlich recht gut, aber bei dem Tempo, dass die beiden an den Tag legten, bekam sie kaum etwas mit. Vermutlich sprachen sie auch irgendeinen Dialekt.

Maria bat Sie in einen geschmackvoll eingerichteten Raum, der früher wahrscheinlich einmal ein Teil der Scheune gewesen war. Jetzt schien er Frühstücksraum und Bar gleichzeitig zu sein. Sie bot ihnen einen Platz an einem der massiven Pinienholztische an und brachte unaufgefordert zwei Tassen Cappuccino. „Verzeihen Sie mein schlechtes Deutsch, Frau Adler", begann sie, „ich übe noch. Wir haben viele deutsche Gäste und ich nutze jede Gelegenheit, ihre Sprache auszuprobieren."

„Ihr Deutsch ist sehr gut", unterbrach Danika Adler sie. „Hat Ihnen Franco schon erklärt, warum wir hier sind?"

Sie nickte wissend. „Es geht um den armen jungen Mann, den mein Vater damals erschossen hat. Das hätte nicht passieren dürfen. Unser Vater wurde mit dem Alter immer starrsinniger und verwirrter. Wir hätten ihm die Waffe längst abnehmen müssen. Leider sind wir jetzt schlauer."

„Das ist nun wohl nicht mehr zu ändern. Sie wundern sich sicher, dass nach mehr als zwanzig Jahren noch jemand nach diesem alten Fall fragt. Es geht uns um die Identität des jungen Mannes."

Sie schüttelte bedauernd mit dem Kopf: „Ich fürchte, da kann ich Ihnen nicht weiterhelfen, aber ich sehe gerne in den alten Papieren nach, ob der Name da genannt wird." Sie verschwand, um kurze Zeit später mit einem Ordner wieder zu kommen, den sie durchblätterte. „Hier ist die Mitteilung der Staatsanwaltschaft, dass das Ermittlungsverfahren wegen fahrlässiger Tötung eingestellt wird, aber der Name des Opfers wird nicht genannt. Da ist ein Untersuchungsbericht des Amtsarztes, der Vater eine fortgeschrittene Demenz attestiert. Nein, der Name erscheint hier nirgendwo. Vielleicht fragen sie einmal bei der Staatsanwaltschaft nach."

„Da habe ich wenig Hoffnung", zeigte Danika Adler sich pessimistisch. „Wenn das Verfahren eingestellt wurde, haben die sicher keine Unterlagen mehr."

„Also müssen wir es doch über die Stadtverwaltung versuchen", erklärte Franco, „aber das kann dauern. Wie viel Zeit haben sie, Danika?"

„Leider gar keine. Ich muss so bald wie möglich nach Köln zurück, wenn es geht morgen schon. Die Pflicht ruft und unser Blatt erscheint jeden Tag."

„Warten Sie!", erklärte Maria. „Ich habe da so eine Idee. Wenn mich nicht alles täuscht, hat das Beerdigungsinstitut Bertini sich damals um die Bestattung oder Einäscherung gekümmert. So genau weiß ich das auch nicht mehr."

„Das kann gut sein, Maria." Franco war wieder optimistisch. „Der alte Giuseppe, der ist jetzt sicher schon fast achtzig, hat aber heute noch das Sagen. Vermutlich will er die Firma an seinen Sohn weitergeben, wenn der in Rente ist."

„Ich dachte, das wäre nur bei den Royals in England so. Und sie glauben wirklich, dass der uns weiterhelfen kann?", fragte Danika.

„Da bin ich mir ziemlich sicher. Der Mann hasst zwar Computer, hat aber alles immer akkurat aufgeschrieben und er wirft nie etwas fort. Außerdem hat er ein Gedächtnis wie ein Elefant."

„Worauf warten wir denn noch. Fahren wir zu ihm. Versuchen wir unser Glück", schlug Danika vor.

Die Einrichtung des Beerdingsinstitutes Bertini stammte sicher noch aus den sechziger Jahren des vergangenen Jahrhunderts. Danika hätte sich nicht gewundert, wenn die junge Angestellte hinter der Theke an einer mechanischen Schreibmaschine gesessen hätte. Aber sie tippte tatsächlich auf einer Computertastatur und ihre Kleidung konnte man auch durchaus als modern bezeichnen, was für den Inhaber nicht zutraf, den sie hinzu rief, nachdem Franco ihr Anliegen erläutert hatte.

Giuseppe Bertini trug einen viel zu weiten, schwarzen Anzug, dessen Stoff für die derzeitigen Temperaturen zweifellos viel zu dick war. Er war restlos kahl. Die runde Nickelbrille ruhte auf einer überdimensionalen Hakennase. Er reichte Danika eine knochige Hand, wobei er eine Verbeugung andeutete, bevor er den Mann von der Nazione Toskana wortreich begrüßte. Wieder verstand Danika Adler allenfalls die Hälfte von dem, was die beiden besprachen, bevor der alte Mann in einem Hinterzimmer verschwand und mit einer Kladde wiederkam.

Er könne sich gut erinnern, übersetzte Franco, das sei damals Anfang Oktober gewesen. Ein deutsches Beerdigungsinstitut namens Sebastian hätte ihn konsultiert. Dieses Institut habe seinen Sitz in Hachenburg. Vorher und nachher habe er nie wieder etwas von diesem Dorf oder dieser Stadt gehört.

„Aber ich!", Danika war begeistert. „Ich glaube wir sind auf der richtigen Spur. Steht da der Name des Toten?"

Bertini zeigte ihr die Kladde. Dort stand in gestochen scharfer Handschrift Dirk Gürtler.

Danika Adler hätte den alten Mann fast umarmt, hielt sich dann aber doch zurück, bevor sie sich überschwänglich bedankte und ihr Handy zückte.

Kapitel 12

„Ich glaube, das war der Durchbruch, Ulla", sagte Leyendecker, nachdem er das Gespräch beendet hatte. „Der mutmaßliche Vater unseres Toten hieß Dirk Gürtler, und ein Hachenburger Institut hat sich um die Überführung und Bestattung gekümmert."

„Heißt nicht dieser Mensch vom Steinbruch im Nauberg Gürtler? Ob der was mit dem Toten zu tun hat?"

„Er heißt Anselm Gürtler, ich habe ihn kürzlich kennengelernt. Das wird wohl nicht allzu schwierig festzustellen sein. Wir können ihn ja einfach fragen. Aber vielleicht ist das doch nicht ganz so gut. Es ist doch sehr wahrscheinlich, dass er etwas mit dem Tod des Jungen zu tun hat. In welcher Form auch immer. Lass uns zunächst beim Standesamt nachfragen, ob das Familienbuch von Anselm Gürtler da was hergibt." Er rief gleich dort an und tatsächlich war dort ein Dirk Gürtler verzeichnet.

Leyendecker fuhr mit seinem Z3 über die Baustraße des Neubaugebietes Schlossblick. Er stieg vor dem Neubau aus und klingelte.

Anselm Gürtler öffnete. „Herr Leyendecker, was für eine Überraschung. Was führt Sie zu mir? Aber kommen sie erst einmal herein."

In dem modernen Kamin brannte ein Feuer, dessen Wärme man auch im Mai recht gut gebrauchen konnte.

Gürtler deutete auf einen der schweren Sessel. „Kann ich Ihnen etwas anbieten? Einen Kaffee vielleicht? Ich habe da eine sündhaft teure Kaffeemaschine, mit deren Bedienung ich inzwischen einigermaßen vertraut bin."

„Ein Kaffee wäre nicht schlecht", erwiderte Leyendecker.

Gürtler verschwand in der Küche, um kurz darauf mit einem Tablett, auf dem zwei gefüllte Tassen, ein Milchkännchen und eine Zuckerdose standen. Nachdem er einen dickeren Umschlag vom Tisch genommen hatte, auf dem als Absender eine recht bekannte Anwaltskanzlei zu erkennen war, stellte er das Tablett ab. „Sie bedienen sich bitte selbst. Aber jetzt bin ich doch gespannt, was der Grund Ihres Besuches ist." Er schaute Leyendecker erwartungsvoll an.

Leyendecker zögerte einen kurzen Moment. „Entschuldigen Sie, dass ich mit der Tür ins Haus falle, aber wir haben Grund zu der Annahme, dass es sich bei dem Toten von der Atzelgifter Grillhütte um Ihren Enkel handelt."

Gürtler sah Leyendecker mit weit aufgerissenen Augen an. Anscheinend war der Chef der örtlichen Polizei jetzt übergeschnappt, oder er erlaubte sich einen Scherz, und wenn, dann war es ein sehr schlechter Scherz. „Das müssen Sie mir genauer erklären!", verlangte er nach einer längeren Pause. „Wie kommen Sie auf diese aberwitzige Idee? Ich habe und hatte nie einen Enkel. Ich hatte lediglich einen Sohn und der hatte keine Kinder."

„Ich fürchte, das ist eine längere Geschichte", erklärte Leyendecker und berichtete ausführlich über die Ergebnisse ihrer Ermittlungen.

Als Leyendecker zum Ende seiner Ausführungen kam, saß Gürtler lange Zeit kopfschüttelnd schweigend da. Natürlich waren die Informationen nur schwer verdaubar. Es mochten so zehn Minuten vergangen sein, bis er aufstand und aus der Vitrine zwei Schnapsgläser und eine Flasche Obstler holte. Er füllte beide Gläser und schob Leyendecker eins davon hin. Wortlos prostete er ihm zu und trank sein Glas in einem Zug aus. Leyendecker tat es ihm gleich. Gürtler atmete tief durch. „Wenn das wahr ist, was Sie mir hier berichten, hatte ich einen Enkel und jetzt doch nicht mehr. Das ist ja absurd. Ich hätte doch so gerne einen Nachkommen gehabt und der wird umgebracht, kurz bevor ich ihn kennenlernen konnte. Denn daran besteht sicher kein Zweifel, dass er genau aus diesem Grund hier war. Er wollte mich kennenlernen. Hätte ich das doch nur geahnt. Irgendetwas hat mich schon angesprochen, als ich sein Foto in der Zeitung sah. Jetzt weiß ich, dass er mich an meinen Sohn Dirk erinnert hat, auch wenn er ihm nicht sehr ähnlich sah. Haben Sie nun Anhaltspunkte, wer ihn getötet hat?"

Leyendecker schüttelte den Kopf. „Leider nicht. Deshalb bin ich zu Ihnen gekommen. Ich hatte gehofft, Sie könnten uns weiterhelfen. Wer konnte ein Interesse an seinem Tod haben? Cui bono?, wie der Lateiner sagt."

Anselm Gürtler grübelte, kam aber wohl zu keinem Ergebnis. „Ich kann Ihnen da nicht weiterhelfen, so gerne ich auch möchte. Zuerst stellt sich doch die Frage: Wer wusste überhaupt, dass es sich um meinen Enkel handelte? Soweit wir heute wissen, doch keiner. Wem hätte also sein Tod nützen können?"

„Vielleicht müssen wir die Frage anders formulieren. Wem hätte sein Auftauchen geschadet? Ich muss mir das alles noch einmal durch den Kopf gehen lassen. Das wär`s zunächst für heute. Sollte Ihnen noch etwas einfallen, Sie wissen ja, wie Sie mich erreichen können." Leyendecker erhob sich und ließ einen völlig konsternierten alten Mann zurück.

Zurück auf der Dienststelle berichtete er Ulla von dem Gespräch mit Gürtler. „Ich glaube, wir haben jetzt zwei Ansatzpunkte. Erstens: Wer wusste, dass es sich um den Enkel des alten Gürtler handelte? Zweitens: Wem hätte sein Auftauchen geschadet?"

„Ich glaube, wir müssen ganz an den Anfang zurück. Was wissen wir? Der tote Alex Hilpert war der Sohn von Dirk Gürtler und der Enkel von Anselm Gürtler. Das hat er in Pisa erfahren, zumindest, dass sein Vater Dirk Gürtler ist. Mit Sicherheit hat er auch dessen damalige Adresse erfahren. Und diese Adresse war zweifellos in Nister. Das erklärt sein Auftauchen in Nister. Die Abiturientin und die alte Frau hatten also recht."

„Genau!", bestätigte Leyendecker. „Was folgt daraus? Er wollte in Nister zu seinem Großvater. Dort hätte er doch mit Sicherheit erfahren, dass der inzwischen in Hachenburg wohnt. In Hachenburg ist er aber nie angekommen. Das sagt zumindest der alte Gürtler, und ich glaube ihm. So verstellen kann der sich nicht. Der hat nichts von der Existenz seines Enkels gewusst. Alex Hilpert wurde also entweder in Nister oder aber auf dem Weg nach Hachenburg oder in Hachenburg ermordet. Wir müssen den letzten Weg des Jungen rekonstruieren. Das kann doch nicht so schwer sein. Sofort morgen müssen wir mit großer Mannschaft in Nister erscheinen und jeden nochmals eingehend befragen und jeden Stein umdrehen."

Am nächsten Morgen, Leyendecker wollte gerade die Gruppen einteilen, die die erneuten Befragungen in Nister durchführen sollten, kam über die 110 der Anruf, der alles verändern sollte. In höchster Eile machten sie sich auf den Weg zum Neubaugebiet Schlossblick.

Die Haushälterin, die sich als Paula Heinze vorstellte, erwartete sie bereits vor dem Haus. „Ich habe ihn gefunden, als ich heute Morgen gekommen bin. Mein Gott ist das furchtbar. Der arme Herr Gürtler!"

Leyendecker betrat den Raum, den er vor weniger als zwanzig Stunden verlassen hatte. Das Feuer im Kamin war inzwischen erloschen. Anselm Gürtler saß in einem der schweren Sessel. Er trug noch die gleiche Kleidung wie am Vortag. „Bleiben Sie bitte zurück", bat er die Haushälterin, während sie sich Überschuhe und Handschuhe anzogen.

Gemeinsam gingen sie zu dem leblosen Mann. An seiner rechten Schläfe war die Eintrittswunde eines Schusses zu erkennen. Sie zeigte deutliche Verbrennungsspuren. Die Waffe war wohl direkt aufgesetzt worden. Gürtlers rechter Arm hing herab. Blut war davon auf den Boden gelaufen. In der Blutlache lag eine Pistole. Auf den ersten Blick eine sehr alte. Leyendecker hätte Wetten darauf angenommen, dass es sich hier um die Mauser handelte, mit der bereits Gernot Gruber erschossen worden war.

Das Gesicht des Toten zeigte überraschenderweise einen gelösten Eindruck. Fast hätte man den Eindruck eines spöttischen Grinsens gewinnen können.

Auf dem Tisch lag ein Computerausdruck. Leyendecker nahm ihn zur Hand und las:

Nachdem ich gestern die schreckliche Nachricht erhalten habe, dass ich meinen eigenen Enkel getötet habe, möchte ich nicht mehr weiterleben.

Mein Mitgefühl gilt seinen Eltern. Nach meinem Sohn Dirk habe ich nun auch meinen Enkel verloren und das durch eigene Hand. Es war ein schrecklicher Unfall. Der junge Mann stand plötzlich vor mir. Ich weiß nicht, wie er ins Haus gekommen ist, jedenfalls bin ich in Panik geraten und habe ihn mit einer Weinflasche niedergeschlagen und schwer verletzt. Anstatt einen Arzt zu rufen, habe ich ihn mit einem Kissen erstickt, als er dabei war, wieder zu sich zu kommen. Wie in Trance habe ich ihn dann in den Kofferraum gelegt und zur Grillhütte in Atzelgift gefahren. Hierbei hat mich wohl dieser Rocker beobachtet, denn er rief mich einen Tag später an und hat von mir verlangt, 100.000,- € am Marceaudenkmal niederzulegen. Ich habe ihm dann dort aufgelauert und erschossen. Ich kann nur sagen, dass ich meine Taten zutiefst bereue, und stelle mich der himmlischen Gerechtigkeit.

Anselm Gürtler

Leyendecker schüttelte den Kopf. „Das stinkt zum Himmel. Anselm Gürtler hat keinen Selbstmord begangen. Ich habe erst gestern mit ihm gesprochen. Nie und nimmer hat der den jungen Mann umgebracht. Soviel Menschenkenntnis habe ich. Der wahre Mörder hat Gürtler umgebracht und will uns in eine falsche Richtung lenken. Für wie blöd hält der uns eigentlich?"

Zwischenzeitlich waren auch der Pathologe und die Spurensicherung eingetroffen. Der Arzt stellte den Todeszeitpunkt auf etwa zweiundzwanzig Uhr fest, ohne dass er sich jetzt schon festlegen wollte.

Leyendecker wies das Team der Spurensicherung an, die Hand des Toten auf Schmauchspuren zu untersuchen und die Waffe auf Fingerabdrücke. Besonderen Wert sollten sie auf die Patronen legen. Außerdem sollten sie alles absuchen, ob nicht eine zweite Kugel gefunden wurde. Das Team der Spurensicherung sagte darauf nichts. Lediglich der Leiter mit der John-Lennon-Brille zeigte hinter seinem Rücken den Scheibenwischer. Schließlich waren sie ja keine Anfänger mehr.

Leyendecker sah sich weiter in der Wohnung um. In der Küche standen noch die beiden Schnapsgläser. Er informierte die Spusi, dass sich auf einem vermutlich seine Fingerabdrücke befinden würden. Der Brief von der Anwaltskanzlei war nirgends zu sehen.

Die verschreckte Frau Heinze erklärte, dass die Tür nicht abgeschlossen gewesen sei, was aber auch weiter nicht verwunderlich wäre, wenn Herr Gürtler sich zu Hause aufhielt. Ansonsten hatte sie nichts Auffälliges bemerkt. Die Kameras über der Haustür und in Richtung Garten seien zwar immer in Betrieb und übertrügen nach innen, Aufzeichnungen würden jedoch nur bei Bedarf gemacht.

Den uniformierten Kollegen gab er Anweisung, die wenigen Nachbarn zu befragen, denn das Neubaugebiet war noch recht spärlich besiedelt. Vielleicht hatten die ja jemand bemerkt oder Schüsse gehört, obwohl er Letzteres für recht unwahrscheinlich hielt, denn die Fenster waren geschlossen und das Gebäude sicher mit der neusten Dämmung versehen. Was neben dem Kälteschutz auch zur Folge hatte, dass kaum ein Geräusch nach draußen drang. Hier konnten sie zunächst nichts tun. Sie waren den Männern der Spurensicherung nur im Wege. Also fuhren sie zurück zur Dienststelle.

„Ich glaube, unser Mann macht Fehler", bemerkte Leyendecker. „Das war eine überhastete Tat, die so sicher nicht vorausgeplant war."

„Hast du dich schon mal gefragt, warum Gürtler gerade jetzt umgebracht wurde, nachdem du ihm von seinem Enkel berichtet hast?"

„Du hast wohl recht", bestätigte er. „Ich glaube auch, dass da ein Zusammenhang besteht. Aber wo liegt der?"

„Er muss etwas gewusst oder geahnt haben", vermutete Ulla. „Etwas was er dir verschwiegen hat, oder was ihm später eingefallen ist."

„Lass uns noch mal überlegen, wenn Gürtler etwas aufgefallen ist, warum soll uns das nicht auch auffallen?"

„Fassen wir zusammen. Da ist dieser junge Mann, der in Spanien erfährt, dass sein leiblicher Vater tot ist. Damit gibt er sich aber nicht zufrieden. Er fliegt nach Italien, wo er erfährt, wie sein Vater hieß. Dann macht er sich auf den Weg hierher. Das kann doch nur den Grund haben, dass er seine Verwandten aufsuchen will, in unserem Fall seinen Großvater."

„Na klar!", unterbrach Leyendecker sie. „Er sucht aber nicht seinen Großvater auf, sondern er geht nach Nister. Weil er glaubt, sein Großvater wohne in Nister. Er kann nicht wissen, dass der inzwischen umgezogen ist. Also geht er zu der Adresse, von der er glaubt, dass er dort seinen Großvater findet. Waren wir denn blind? Haben wir je überprüft, ob er da angekommen ist?"

„Richtig!", stimmte Ulla zu. „Er ist bei seinem Verwandten gelandet. Dem Kronprinzen, der sich Hoffnungen gemacht hat, dass er das gesamte Vermögen seines Onkels einmal übernehmen würde, und der fürchtet nun, dass das überraschende Auftauchen des Enkels das alles infrage stellt. Da haben wir unser Motiv."

„Du vergisst nur, dass Alex Hilpert durch die Adoption keinen Anspruch mehr auf das Erbe hat."

Ulla tat Leyendecker Einwand mit einer Handbewegung ab. „Wir wissen nicht, ob das dem Vetter auch klar war. Aber selbst wenn, die Adoption hindert den Großvater doch nicht, ihn durch Testament als Erben einzusetzen. Glaub mir, das hätte der auch getan, wenn ein Kind seines geliebten Sohnes auftaucht, zumal dieser Alex Hilpert doch ein intelligenter Bursche war und alle Voraussetzungen mitbrachte, die Firma später einmal zu übernehmen."

Leyendecker lehnte sich zurück. „Ich glaube, wir haben gerade den Mordfall Alex Hilpert gelöst, und ich glaube, die Fälle Gernot Gruber und Anselm Gürtler gleich mit."

Das sah Ulla auch so. „Jetzt müssen wir das nur noch beweisen. Durchsuchungsbeschluss?

„Durchsuchungsbeschluss!", stimmte Leyendecker zu.

Die Tür ging auf und der Wachhabende kam herein. „Da ist irgendetwas seltsam, das Sie wissen sollten. Dieser Rockerklub, die Apokalyptischen Biker, stehen vor einem Haus in Nister in der Naubergstraße. Einige sollen sogar schon in das Haus eingedrungen sein."

„In dieser Straße wohnt Peter Gürtler", informierte Leyendecker. „Was die wohl da wollen? Haben die etwas herausgefunden? Wir müssen sofort dahin."

Er wies den Wachmann an, die ganze Mannschaft nachzuschicken. Dann machten sie sich auf den Weg nach Nister.

Bereits als sie das Ortsschild passierten, hörten sie das Dröhnen von Motoren. Der Lärm schwoll immer mehr an, als sie in die Naubergstraße einbogen. Für andere Fahrzeuge gab es kein Durchkommen. Die Straße wurde von den auf ihren Maschinen sitzenden Apokalyptischen Bikern blockiert. Die Tür des Hauses, vor dem die Biker standen, war geöffnet. Als Ulla und Leyendecker den Mini verließen, verschlugen ihnen die Auspuffabgase der schweren Motorräder den Atem. Mühsam zwängten sie sich zwischen den parkenden Rockern hindurch. Leyendeckers laute Aufforderungen, die Polizei durchzulassen, verhallten wirkungslos. Es bedurfte einiger Zeit und des massiven Einsatzes ihrer Ellenbogen, bis sie schließlich die Treppe, die zur Haustür hinführte, erreichten. Hier verstellten ihnen zwei der in schwarzes Leder gehüllten Gestalten den Weg.

Leyendecker zückte seinen Dienstausweis. „Wenn ihr uns nicht sofort vorbeilasst, buchte ich euch alle ein und werfe den Schlüssel weg." Ohne eine Reaktion abzuwarten, rammte er dem Einen die Schulter in die Seite, woraufhin dieser gegen den Handlauf der Treppe knallte und leise aufstöhnte.

Ulla stürmte hinter Leyendecker her und folgte seinem Beispiel, als dieser seine Dienstwaffe zückte. Ullas Waffe war zwischenzeitlich wieder freigegeben worden.

Eine der Zimmertüren stand offen und laute Stimmen übertönten den Krach der Motorräder. Mit vorgehaltener Waffe stürzte Leyendecker in das Zimmer. Ulla blieb dicht hinter ihm.

Als Erstes sahen sie den schweren Rottweiler, der mit gefletschten Zähnen zum Sprung ansetzte. „Ruhig!", befahl Behrmann und der Hund blieb tänzelnd stehen, war jedoch nach wie vor angriffsbereit.

Der Dicke mit den verfilzten Haaren und dem verfilzten Bart, der Ulla und Karlchen damals die Tür der Morgensonne geöffnet hatte, stand hinter einem etwa fünfundvierzigjährigen Mann im grauen Businessanzug und hielt ihn fest, indem er ihm die Arme nach hinten gebogen hatte. Ulla und Leyendecker kannten den Festgehaltenen nicht, vermuteten aber, dass es sich um Peter Gürtler handele. Der junge Mann, der Ulla im Parkhaus geholfen hatte, umklammerte das Handgelenk einer Frau, die lauthals keifte. Sie trug teure Kleidung, die aber nach Ullas Geschmack nicht zu ihr passte. Dabei handelte es sich vermutlich um die Ehefrau des Mordverdächtigen.

Ludo Behrmann begrüßte sie lächelnd. „Die Polizei kommt auch schon. Ich darf Ihnen den Mörder unseres Freundes Gernot Gruber vorstellen. Ich hatte Ihnen ja angekündigt, dass wir uns selbst um die Angelegenheit kümmern, falls die Polizei nicht zu Potte kommt."

„Lassen Sie sofort den Mann los!", herrschte Leyendecker ihn an. „Ich hatte ihnen doch deutlich zu verstehen gegeben, dass ich Selbstjustiz nicht dulde. Machen sie schon!", fauchte er den Dicken an. Ich werde den Mann festnehmen."

Behrmann signalisierte seinem Vasallen durch ein Kopfnicken sein Einverständnis, woraufhin dieser Gürtler losließ.

Leyendecker legte Gürtler Handschellen an. „Ich nehme Sie vorläufig wegen des Verdachts fest, Alex Hilpert, Gernot Gruber und Anselm Gürtler ermordet zu haben."

Ulla sah, dass Behrmann überrascht die linke Augenbraue hochzog. Die Ermordung Anselm Gürtlers war natürlich für ihn auch neu.

Leyendecker wandte sich an den Anführer der Rocker. „Sie werden sich für das alles hier verantworten müssen. Trotzdem sagen Sie mir doch, wie Sie auf Peter Gürtler gekommen sind."

Behrmann lachte. „Die Verantwortung nehme ich gerne auf mich, wenn dieser Verbrecher seiner gerechten Strafe zugeführt wird. Ich würde ja gerne sagen, dass ich durch geniale Ermittlungsarbeit auf Gürtler gekommen bin, aber es war wohl eher Zufall. Die haben in der Koblenzer Diskothek den Spind Grubers benötigt und das Schloss geöffnet. Darin hat man dann unter anderem ein Prepaidhandy gefunden, mit dem genau dreimal telefoniert wurde. Das erste Gespräch ging an eine Person, die Zugriff auf alle Kfz-Daten Deutschlands hat und uns öfter einmal behilflich ist. Die beiden anderen Gespräche waren dann mit seinem späteren Mörder. Da war die Schlussfolgerung dann ganz einfach."

„Gruber war zu gierig, und das ist ihm zum Verhängnis geworden", stellte Leyendecker fest.

„Trotzdem war er unser Freund und sein Mörder soll in der Hölle schmoren."

Plötzlich hatte die Frau, der sie bisher kaum Aufmerksamkeit geschenkt hatten, eine Schere in der Hand, mit der sie auf Leyendecker zustürzte.

Behrmann stellte sich ihr in den Weg, und die Waffe traf ihn in die linke Schulter. Da war auch schon der Rottweiler da. Seine kräftigen Kiefer zermalmten den Unterarm der Frau. Das Messer fiel klirrend zu Boden.

Leyendecker rief einen Notarztwagen, der kurz darauf auch kam. Einer der uniformierten Kollegen, die inzwischen auch eingetroffen waren, begleitete Frau Gürtler ins Krankenhaus.

Als Leyendecker und Ulla mit dem Verhafteten Peter Gürtler aus der Haustür kamen, spendeten die harten Jungs Beifall, der in Kombination mit dem Dröhnen der Motoren ohrenbetäubend wurde, als ihr Anführer aus der Tür trat.

Mittwoch, 20. Mai 2015

Anselm Gürtlers Tod und die Festnahme seines Neffen und dessen Ehefrau sprach sich in Windeseile herum. Er konnte gerade noch telefonisch das Ehepaar Hilpert unterrichten, da fiel die Presse auch schon wie ein Rudel Wölfe über sie her.

Gegenüber den Reportern bestätigte er die Tatsachen, ohne jedoch über die genauen Hintergründe zu informieren. Danika Adler war die Einzige, die wusste, dass das Auftauchen von Anselm Gürtlers Enkel alles ausgelöst hatte und konnte ihren Informationsvorsprung nutzen. Das führte letztendlich dazu, dass ihre Kolleginnen und Kollegen von den Zeitungen bei ihr abschrieben, während in Radio und Fernsehen häufig mit dem Satz: „Wie ein Kölner Boulevardmagazin berichtet …" begonnen wurde.

Die Spurensicherung fand zahlreiche Beweise. Leyendecker konnte sich nicht vorstellen, dass irgendein Gericht die beiden nicht verurteilen würde. Aber man konnte ja nie wissen. Vor Gericht und auf hoher See sind wir alle in Gottes Hand.

Im Haus und im Kofferraum des Range Rovers des Ehepaares Gürtler stellte man Blutspuren fest, die eindeutig Alex Hilpert zuzuordnen waren. Außerdem stammten die Reifenspuren beim Denkmal des französischen Generals von diesem Auto.

Das Rätsel, dass die Spuren von Gernot Grubers Motorrad über denen des Autos lagen, erklärte er sich damit, dass beide Gürtlers an der Tat beteiligt waren. Einer der beiden hatte unbemerkt durch die Heckklappe den Wagen verlassen und sich hinter dem Denkmal versteckt, während der andere davongefahren war.

An den Patronen im Magazin der alten Mauser fand man Teile von Peter Gürtlers Fingerabdrücken. Außerdem wurden Schmauchspuren an seiner rechten Hand und an einem Hemd, das sich im Wäschekorb befunden hatte, festgestellt. Eine zweite Kugel fanden die Spurensicherer im Kamin. Ein Indiz dafür, dass man Gürtler nach seiner Ermordung die Waffe in die Hand gedrückt und einen weiteren Schuss abgefeuert hatte, um an seiner Hand Schmauchspuren zu hinterlassen.

Ludo Behrmann war lediglich ambulant behandelt worden. Leyendecker erwog zunächst, in aufzusuchen und sich bei ihm zu bedanken. Er schob das dann jedoch auf die lange Bank. Irgendwie war es ihm suspekt, in der Schuld des charismatischen Anführers der Apokalyptischen Biker zu stehen.

Gestern hatte er sein Versprechen eingelöst und Franziska Sanchez informiert. Jetzt saß er unter der uralten Platane an dem kleinen Edelstahltisch und trank einen Schluck San Miguel.

Er war froh, dass die Hektik der vergangenen Wochen hinter ihnen lag.

Ulla kam herbei. Sie trug die Einkaufstasche einer Parfümerie bei sich. Sie küsste ihn auf die Wange. „War doch eine gute Idee, noch einmal ein paar Tage nach Denia zu fahren."

„Wir haben es uns verdient", antwortete er lächelnd.